DE FUNDAMENTEN

RAMSEY NASR

De fundamenten

2021

DE BEZIGE BIJ

AMSTERDAM

Eerste druk maart 2021
Tweede druk april 2021
Derde druk april 2021
Vierde druk april 2021
Omslagontwerp Moker Ontwerp
Foto auteur Lenny Oosterwijk
Vormgeving binnenwerk Aard Bakker
Druk Wilco, Amersfoort
Bindwerk Wilco, Amersfoort
ISBN 978 94 031 3231 0
NUR 301

debezigebij.nl

MIX
Papier van
verantwoorde herkomst
FSC® C004472
FSC
www.fsc.org

Bij de productie van dit boek is gebruikgemaakt van papier dat het keurmerk
van de Forest Stewardship Council (FSC®) mag dragen. Bij dit papier is het zeker
dat de productie niet tot bosvernietiging heeft geleid.

'Onze manier van leven en onze waarden zijn de uitdrukking van de maatschappij waarin we leven. En daar klampen we ons aan vast. (...) Ik heb ruim tien jaar in eenzame opsluiting gezeten. Ik had alle tijd. Ik heb zeven jaar geen boek opengeslagen. Het gaf me tijd om na te denken. En dit heb ik ontdekt. Ofwel je bent gelukkig met erg weinig zonder jezelf te overbelasten, omdat je blijdschap in jezelf hebt, ofwel je komt nergens. Dit is geen pleidooi voor armoede. Het is een pleidooi voor soberheid. Wij creeerden een consumptiemaatschappij die altijd zoekt naar groei. Als er geen groei is, is het tragisch. We hebben massa's overbodige behoeften uitgevonden. Je moet blijven kopen, weggooien, en we verwaarlozen ons leven. Als ik of jij iets koop, betalen we niet met geld: we betalen met de tijd van leven die we hebben besteed aan het verdienen van dat geld. Het verschil is dat je geen leven kunt kopen. Het leven verstrijkt gewoon. En het is vreselijk om je leven te verspillen door je vrijheid in te leveren.'

JOSÉ MUJICA,
president van Uruguay tussen 2010 en 2015

(bron: de documentaire *Human* (2015) van Yann Arthus-Bertrand)

INHOUD

Maart 2020 – *de etymologische maanden*
11

September 2020 – *een giftig gebied*
25

Februari 2021 – *de fundamenten*
43

Epiloog
135

Verantwoording
141

Voor wie dit leest

Drie essays, drie punten in de tijd. Elk vormt een eigen uitkijkpunt. Loop je verder, dan is het landschap alweer veranderd.

Op het eerste stuk, geschreven in de beginweken van de eerste lockdown, kijk ik inmiddels terug als op een gebeurtenis van lang geleden. Het is een herinnering geworden. Daarom vormen de essays eveneens een dagboek: drie ellenlange dagen in een stilstaand jaar.

Het laatste stuk is het langst. Deze dag is nog maar net begonnen.

DE ETYMOLOGISCHE MAANDEN

Amsterdam, maart 2020

Raamvertellingen doen het goed in tijden van quarantaine. Iedereen wil ineens Boccaccio lezen. Het ontstaan van de *Decamerone* is bekend: het is 1348, de pest woedt in Florence. Een van de inwoners die alles van nabij meemaakt is de schrijver Giovanni Boccaccio. Hij overleeft – maar zijn vader niet, zijn stiefmoeder niet, veel van zijn vrienden evenmin. Vlak na de pest, als de Florentijnse bevolking met misschien wel de helft is teruggesnoeid, begint Boccaccio te schrijven aan een boek waarin hij deze ziekte wederom door zijn stad laat razen. Ditmaal echter vlucht hij, bij gratie van zijn personages: hij verzint een gezelschap van tien vrienden en laat hen aan de stad ontsnappen. Hoog in de Toscaanse heuvels wachten ze betere tijden af. Ze vertellen elkaar verhalen, tien dagen lang, om elkaar te verpozen en te vermaken, en keren uiteindelijk gezond naar de stad terug.

We zijn 672 jaar verder. Opnieuw legt een ziekte de wereld plat. Theatergezelschap ITA besloot daarom de *Decamerone* in delen voor te lezen zolang als het duurt: elke dag één verhaal, vastgelegd op camera in een lege zaal van de Amsterdamse stadsschouwburg. Directeur Ivo Van Hove vroeg of ik de aftrap wilde geven. Ik keek in mijn agenda. Ja hoor, ik kon nog net: tot juni was mijn leven gecanceld. En dus stapte ik op maandagochtend op mijn fiets. Ik ging zowaar *naar mijn werk*. Een week lang had ik maar wat thuisgezeten, de onnutte tijd doorgebracht in isolatie en tribulatie – een begrip dat ik enkel kende uit de Bijbel, maar dat weer helemaal hip en happening was: in de war, hologig, een glas wijn in de hand, starend naar de tv en naar alle krantenkoppen. Nu fietste ik naar de schouwburg, doorstraald van tomeloze energie. Dolgelukkig omdat ik een verhaaltje mocht komen voorlezen. Mijn wekker en ik, we hadden weer bestaansrecht.

Uit de online reacties op het *Decamerone*-project lees ik eenzelfde soort enthousiasme terug. Nu veel kunstvormen zijn weggevallen, snakt men ernaar, als naar een remedie tegen stilstand. Je merkt het ook aan het aantal online leesgroepjes dat sinds kort overal is opgedoken. De een vraagt om boekentips, de ander mailt dagelijks gedichten naar wie maar wil. Ook toen ikzelf een paar dagen na elkaar poëzie van Vasalis en Van Ostaijen op Facebook plaatste, waren de reacties gretiger dan anders. Nadat ik het had gewaagd een dag niets te plaatsen kreeg ik een boos privébericht: 'Wanneer komt er weer een gedicht??'

Weinig instanties hebben zoveel aan leesbevordering gedaan als Covid-19. Daarmee duikt in de media ook de vraag op naar het belang van kunst. De laatste keer dat dat gebeurde was in 2010. Toen waarde weliswaar geen virus maar wel Halbe Zijlstra door het land, ons eigen mislukte plurkenplaagje. Het kabinet Rutte I kondigde in dat jaar vernietigende bezuinigingen aan op kunst en cultuur, waardoor de sector gedwongen werd zichzelf de Grote Bestaansvraag te stellen. Wat is dat, kunst? Wat is onze toegevoegde waarde? Waarin schuilt ons belang? Ik herinner me pleidooien waarin krampachtig werd getracht de taal van het kabinet te leren spreken: gewezen werd op de grote economische waarde van kunst of op haar veronderstelde nut voor de samenleving. Terwijl haar kracht nu juist ligt in het ontbreken daarvan.

de waarheid is
zij heeft geen nut
kunst is maar een bijproduct
ze is niet nodig om te kunnen
eten, neuken, ademen

Deze regels zijn afkomstig uit een gedicht dat ik toen schreef als dichter des vaderlands: 'Uit nutteloze noodzaak'. De nutteloosheid van kunst werd in de jaren daarna mijn motto en mijn mantra.

Ik had ongelijk.

Uit alle ervaringen van de laatste weken blijkt dat kunst een handvat heeft gekregen. Gedichten, verhalen, boeken worden nu benut als gebruiksvoorwerpen. Ik zag het pas goed toen ik een van mijn favoriete gedichten van Hans Lodeizen herlas.

Er is niets zo zoet als 's avonds onder
de bloemen te zijn.

probeer het eens
licht het dak op en
alle sterren komen los te zitten

als de tuinman met
zijn wilde spuit vele bloemen
van hun stelen rukt en
vrolijk een deuntje fluit
denkend aan de avond

ruik de
verlichting juist boven
de aarde, glimlachend,
drinkend van het water

natuurlijk zijn wij
onder het dak vandaan
de tuin ingelopen.

Dit gedicht verplaatst ons. Het zijn niet meer dan letters, abstracte tekens. Maar door ze te lezen hebben we gedurende een kort moment, de duur van het gedicht, buiten gestaan, in een merkwaardige tuin. We hoefden slechts het schedeldak op te lichten. Dat is wat elk gedicht, elk verhaal, elke roman, elke kunstvorm vermag. Theater, beeldende kunst, muziek, dans, opera: ze brengen ons voor een ogenblik buiten onszelf. Het is een vorm van extase. 'Ek' betekent 'uit' in het Oudgrieks, 'stasis' betekent 'toestand, stilstand'. Het begrip heeft weinig te maken met hysterie of religieuze gekkigheid. Extase is het verschijnsel dat ons verlost uit de stilstand.

Geen wonder dat we nu, in tijden van quarantaine, zo van poëzie houden, terwijl we er normaal gesproken met een boog omheen lopen. De meesten van ons hebben normaal gesproken namelijk helemaal niet zo'n zin in verandering. Ik geloof niet dat er één volk ter wereld is dat van oudsher zo beducht is voor extase. Heel Holland Bakt.

Er speelt nog iets anders. Kunst deelt een onverwachte eigenschap met het coronavirus. Ze heft ons normale, veilige bestaan op, gooit al onze zekerheden overhoop, doorbreekt elke routine. Met dus dat ene grote verschil: het virus houdt ons binnen, kunst brengt ons naar buiten.

Er wordt vaak beweerd dat kunst in tijden van crisis schoonheid en troost kan bieden. Dat lijkt me Dille & Kamille-filosofie. Ik bedoel, het kán natuurlijk; maar kunst is veelal ongemakkelijk, weerbarstig, afstotelijk, schokkend. Ze confronteert ons niet zelden met een gitzwarte kant van onszelf die we in het dagelijks bestaan liever afdekken of vergeten. Kunst toont ons hoe complex de wereld is, maakt hem niet gemakkelijker maar gelaagder en meerduidiger, ze doet ons twijfelen aan onze waarheden, ontregelt in plaats van pasklare antwoorden te bieden, en gedijt veeleer op een gevoel van vervreemding dan op bevestiging. Kunst biedt geen zekerheid.

Vandaar dat men in tijden van financiële onrust graag als eerste deze sector kort, zeker als het aan populisten ligt. Populisten houden van sprookjes, van draken versus prinsessen, zakkenvullers versus hardwerkende Nederlanders. Heldere kul.

Je zou verwachten dat er ook vandaag nood is aan zulke zekerheid. Maar waar de vijand geen gezicht heeft, waar geen cowboys of indianen zijn en waar niemand, ook onze politici en virologen niet, enig idee heeft hoe dit zal uitpakken, gebeurt kennelijk het omgekeerde. Als ik voor mezelf spreek: de onzekerheid waarmee ik vandaag word geconfronteerd is te onbegrensd, te vormeloos, te onbestemd. Ik heb dan ook geen behoefte aan voorspellingen van kenners, aan vingerwijzingen, stellige waarheden, dys- dan wel utopieën. Ik heb nood aan onzekerheid; aan de erkenning dat we niet onkwetsbaar zijn. Ik zoek bevestiging door hoogst onzeker naar buiten te treden, desnoods in een gedicht. Wellicht schuilt daarin dan toch, via een enorme U-bocht, troost of schoonheid. Kunst biedt houvast door mee te wankelen.

Dat is een nuttig handvat, ook als het niet wordt opgemerkt. Gewend geraakt aan een vals gevoel van zekerheid zagen we het aldoor aan voor een ornament of een stuitje. Overbodig.

’s Neerlands wankelheid is groot en gevaarlijk. Niet omdat wij er financieel zo slecht aan toe zijn, maar omdat wij, meer dan in andere westerse landen, ons leven als volstrekt vanzelfsprekend, als een verworvenheid zijn gaan beschouwen, en onze fundamenten als ornamenten.

Zorg, onderwijs en cultuur hebben wij tot sluitpost gemaakt. Geen van de drie liet zich oppakken en wegen als een koffer met geld, dus werd ermee gesold. Een samenleving die denkt dat kennis vooral praktisch en winstgevend moet zijn, zal bezuinigen op Grieks, Latijn, Nederlands, fundamentele wetenschap, zuivere wiskunde, filosofie, geschiedenis, Hongaars, Oudfrans. Zo'n samenleving zal accepteren dat leerkrachten en zorgverleners geen fatsoenlijke salarissen krijgen, laat de zorg aan de markt over, belast mantelzorgers nog wat meer, bezuinigt op speciaal onderwijs. Overbodig. Stuitjes.

Trots op haar eigen zuinigheid blokkeert onze regering momenteel elke vorm van Europese noodsteun voor Zuid-Europese landen zolang die 'hun financiën niet op orde hebben'. Deze landen lijden onder een ramp van Bijbelse omvang. Walgelijk, zo noemt de Portugese premier onze houding, en vele anderen denken hetzelfde. Rutte glimlacht: niet ons probleem.

Onze hele manier van leven is doordrenkt geraakt van achteloosheid. We zijn gaan geloven dat de basis – een veilig, gezond, openbaar leven – ons toekomt *zonder meer*. Dit heeft ons besmet met de idee van onkwetsbaarheid. Oorlog, dood, chaos: dat overkomt ons niet.

Dat zijn andere landen, andere tijden.

Kijken we naar Boccaccio's wereld, dan vinden we inderdaad maar weinig zekerheden. De *Decamerone* vormt een handleiding voor chaos. Geile paters, oplichters, doortrapte vrouwen: iedereen bedot iedereen. Er wordt op los geneukt en bedrogen in dit boek; van ordening of vastigheid lijkt geen sprake. Maar ook die schijn bedriegt. Juist in de middeleeuwen, waar je aan een griepje of infectie kon sterven, had elk element van het leven betekenis. Je struikelde er over de handvatten. Elke bloem had een functie, elk voorval was een metafoor, elk malheur kreeg zijn eigen gebed. Bij gebrek aan zekerheid hing alles met elkaar samen. En ja, daar zat behoorlijk wat onzin tussen: keisnijden, aderlaten, piskijken, noem maar op. Men dacht in die dagen dat er vier lichaamssappen waren. Elke persoon werd gedomineerd door een specifiek lichaamssap dat zijn of haar karakter bepaalde. Middeleeuwers schenen overgeleverd aan troebele kul; dat soort mensen leek gewoonweg te vragen om een pest nu en dan.

Ook Boccaccio's personages waren kinderen van hun tijd. De reden waarom ze op hun vlucht verhalen aan elkaar vertelden, was niet zomaar afleiding, laat staan escapisme. Plezier had voor hen een urgent doel. Vermaak en verpoos werd volgens de middeleeuwse geneeskunde gezien als een soort antivirus. Het gezelschap hield er de ziekte mee op afstand. In een wereldbeeld bepaald door psychosomatiek was het van levensbelang optimistisch te blijven.

Vermaak/verpoos. Het kan nuttig zijn vanuit stilstand om te kijken. Om je basis, je oorsprong nog eens te bezien, of gewoon de herkomst van een woord. In 'verpoos' zit de aanduiding voor 'een onbepaalde periode' vervat. Het betekent dat met de handeling een tijdsspanne overbrugd moet worden, ergens in de heuvels of thuis, en wel door een 'pauze' in te lassen in het normale bestaan. Ook het woord 'vermaak' betekent oorspronkelijk iets anders. *Ver-maak* (ook wel *re-creatie*) was, zo lees ik in het nawoord van de *Decamerone*, voor een veertiende-eeuwse Florentijn een manier om iets in jezelf te her-stellen. Vermaak en kunst waren in die zin verbonden, evenals devotie en burgerschap, dood en leven. Zolang zulke zaken geen totale tegenstellingen zijn, is het mogelijk de wereld en onszelf te her-scheppen. Dat is het handvat dat Boccaccio aanreikt.

De *Decamerone* werd gepubliceerd in 1353; het boek is nog altijd een van de hoogtepunten uit de wereldliteratuur. Ook schilders en beeldhouwers schiepen in de jaren na de ramp meesterwerken die ons vandaag de schellen van de ogen doen vallen. De ontroerende religieuze panelen van Bernardo Daddi en Orcagna boden de burgers een vorm van boetedoening én hoop. We kunnen zo'n middeleeuwse poging tot heling weglachen als bijgeloof: een beetje tot Maria gaan zitten bidden. Maar ik verkies dit boven ons eigen achterlijke bijgeloof dat we winstmodellen kunnen toepassen op zorg, onderwijs en cultuur. Hoe aanlokkelijk het ook was om de basis weg te snoeien, juist die zachte, zwakke waarden van een samenleving blijken nu onmisbaar. Ik besef: van een gedicht of schilderij kan men niet eten. Ook ik hoop vurig dat onze economie het houden zal, dat artsen snel een middel vinden. Laat onverlet dat wij onszelf opnieuw zullen moeten scheppen, in een groter verband dan onszelf.

Nog tijdens het razen van de pest werd de Universiteit van Florence door het stadsbestuur opgericht. Op deze manier kunnen ook wij handelen.

Dit zijn geen gezwollen idealen, ik zie geen nieuwe

wereldorde gloren. Er is *niets* positiefs aan een virus dat de mensen sloopt en eenzaam doet sterven. Maar we kunnen omkijken. Dit zijn de etymologische maanden. Misschien kunnen we zo, behalve een beginpunt, nog een paar basiswaarden terugvinden: zaken als mededogen en erbarmen, waarmee heel Europa gebaat zou zijn.

EEN GIFTIG GEBIED

Amsterdam, september 2020

Oudere Nederlanders hoor je wel eens over de oorlog zeggen: Het was verschrikkelijk – maar het was ook machtig. Nooit werd het leven intenser ervaren, alles kreeg vanzelf belang. De wereld was helder en afgebakend: dat is de vijand, dit ben jij. Je bestaan dééd ertoe. Afgezien daarvan was het een gruwel, verdwenen je vrienden een voor een. Die extremen gaan soms samen.

Vandaag zijn er Nederlanders die de coronatijd met '40-'45 vergelijken. Maar er is niet eens een vijand. Er vallen doden, maar er zijn geen razzia's. We kunnen ook niet bijster veel doen: ons is gevraagd binnen te zitten. Dat is weinig heldhaftig, dus blijft het verleidelijk over een onzichtbare vijand te spreken.

Oorlog of niet, ik werd niet eerder zo aangesproken op mijn geweten. Een hoest, een aanraking, elke stap houdt plots verband met leven en dood. Tederheid als besmetting, ook dat gaat samen. Zo zat ik thuis in mijn uppie, gezellig in dialoog met mijn geweten. Misschien werden we ook een beetje gek.

Premier Rutte roemde intussen onze nuchterheid. Maandenlang ervoer ik een merkwaardig nationaal gevoel, niet via vlaggen of retoriek, maar door de afwezigheid van ruis. Alsof we in een schilderij van Saenredam zaten opgesloten. Er was ineens ruimte: voor angst en ook – ik zeg het voorzichtig – voor beperkt geluk.

In die eerste coronaweken wandelde ik vaak door Amsterdam. De verlaten stad leek bevangen door een onwerkelijke schoonheid. Alsof de afwezigheid van getoeter en gedram de machinerie zelf blootlegde, die pas te bewonderen viel nu de raderen waren stilgevallen. Mijn geweten sprak: dit mag je niet mooi vinden. Dit is schoonheid veroorzaakt door zieltogen. Zo wandelde ik, balancerend tussen verrukking en schaamte. Nog niet failliet. Nog niet geraakt.

Gesprekken gingen meestal over de toekomst, bij gebrek aan een heden. Niemand wist hoe die eruit zou zien, maar op de Wallen leek ze al voorzichtig begonnen. In deze wijk, verpest door grootschalig toerisme, groette je nu op afstand een bewoner en die groet werd nog beantwoord ook – zonder dat je een fiets hoefde te kopen. De toekomst als 'Het Dorp' van Wim Sonneveld.

Hoe hopeloos die maanden ook waren, ik vond ons Nederlanders *leuker*. We waren beschaafder, geduldiger, liever dan normaal. Intussen was de lucht schoner, de hemel blauwer, kon je vanaf je balkon de sterren zien. Je zou bijna zeggen dat het leven beter was, ware het niet dat het leven ontbrak.

Alles culmineerde in die onwezenlijke Dodenherdenking, verpletterend door onze eigen afwezigheid. Alleen Willem-Alexander en het gekoer van duiven. Zwijgende beelden van overlevenden, verzetsstrijders en slachtoffers. Onze zwarte geschiedenis samengebald op de vlakte in mijn tv. Ik zat op mijn bank, en het zullen wel die twee maanden van isolement zijn geweest, maar bij het aanheffen van het Wilhelmus stond ik recht en ik zong. Nooit eerder gedaan. Het was belachelijk, een mannetje in zijn kamer, rechtop zingend terwijl niemand het kon horen. Belachelijk en prachtig, omdat *iedereen* op dat moment alleen was terwijl niemand het kon horen, en op die manier één onbreekbaar land vormde.

Toegegeven, dat had allemaal weinig met nuchterheid te maken, eerder met haar tegendeel: sentiment. In Nederland draaien die twee om elkaar heen. Ze wisselen elkaar af. Als een helix.

Een paar maanden later. Nederland mag weer naar buiten. *NRC Handelsblad* toont een foto van een spandoek op het Malieveld.

EENIEDER DIE DE GRONDWET NIET RESPECTEERT IS EEN FASCIST! ZOALS ABOUTALEB, HALSEMA, RUTTE, DE JONGE, GRAPPERHAUS, DE MEDIA EN ALLEN DIE 'T TOELATEN.

Vlak ernaast houdt iemand een bijna-Nederlandse vlag vast (hij hangt ondersteboven), waarop DICTATUUR! gekalkt staat.

Terug naar het oude normaal.

Ik snap wel waarom sommigen willen dat het oorlog is: wel zo helder. En als burger wil je toch iets *doen*. Zo circuleert op internet een filmpje van een Brabantse vrouw, alleen achter het stuur in de auto. Al rijdend spreekt ze de natie toe. Het is zo te zien de eerste maal dat ze de camerafunctie op haar telefoon benut. Haar hoofd staat op klappen als een oude granaat. Ze waarschuwt ons, traag en vol haat, intussen het verkeer in de gaten houdend:

> 'Mensen... Dit kan niet meer. Dit moeten we niet meer pikken. IK NIET! Ik ben er helemaal klaar mee... Echt.'

Als een volksmenner met pleinvrees vervolgt ze:

> 'En de tweede lockdown... zet het maar allemaal uit uw kop, Tweede Kamer, overheid, hoe ge het allemaal wilt noemen... Want dan sloop ik echt alles. ALLES. Dan ben ik: De Leeuwin. En ik hoop dat er meer strijders meegaan. Genoeg is genoeg!'

Ziedaar een kleine greep uit het hedendaags verzet. En het is natuurlijk om je kapot te lachen, deze Marinus van der Lubbe, te timide om te toeteren maar dapper genoeg om Facebook in lichterlaaie te zetten. En intussen moet ze ook nog afslaan op de rotonde. Maar toch. Laten we er voor het ongemak van uitgaan dat haar zorgen reëel zijn. De vrouw heeft tranen in haar ogen. Ze is wanhopig. Iets heeft haar over de rand geduwd.

De stemming is omgeslagen. En natuurlijk, we kunnen zeggen: stompzinnigheid, de verbeten agressie van de machtelozen – dat zal er altijd zijn. We halen onze schouders op en sluiten het hek van ons domein. Maar een week later rijdt er wel een tractor door dat hek.

Negeren is het gerieflijkste en het domste. Corona heeft een trend versneld die al langer gaande is. Eerder al vergeleek boerenorganisatie Farmers Defence Force het inkrimpen van de veestapel met de Holocaust. Zulke maatregelen hadden immers ook ooit tot Auschwitz geleid. Boeren als Joden en politici als nazi's: subtiel. Het is dezelfde hysterie als van de leeuwin, maar dan georganiseerd. Ook de pro-Zwarte Pietprotesten en de Viruswaanzindemonstraties van vandaag zijn geen toevallige bijeenkomsten. Het protest waarbij Kamerlid

Omtzigt werd bedreigd ('Ik zal je doodslaan') is georganiseerd door de groepering 'Nederland in opstand'. Haar leider is een ex-crimineel die ook graag de leus 'Eigen land, eigen volk' gebruikt. Dat wordt bedoeld met het oude normaal.

Het sluimerde al lang, maar sinds we inzagen dat het lockdowngedoe níét na de zomer voorbij zou zijn, dat er voorlopig géén vaccin, géén zekerheid zal zijn, lijkt het geduld opgeraakt. Hoe ging dat liedje ook weer? *Zeventien miljoen mensen op dat hele kleine stukje aarde, / Die schrijf je niet de wetten voor, die laat je in hun waarde.* We zien nu wat er gebeurt als we wél zolang een paar wetten krijgen voorgeschreven. Wanneer de Nederlander zich in zijn waarde voelt aangetast, verandert nuchterheid in botheid, sentiment in hysterie. En dan komt de oorlog. Dan spelden veeboeren – je gelooft het niet – tijdens een protest hun kinderen Jodensterren op.

Je zou zeggen: een bedrijfssector die jaarlijks miljoenen dieren doodt op industriële schaal en dan zelf over concentratiekampen begint... ze zullen toch wel inzien dat dat een beetje gek is? Maar zo werkt het niet. Hysterie gedijt niet op feiten maar op gevoel. Daarbinnen is geen ruimte voor reflectie, je kunt er enkel in opgaan.

Hysterie is van nature altijd waar. Bij Viruswaanzin lijdt men aan eenzelfde cognitieve dissonantie: niet de duizenden Covid-doden en ic-patiënten, nee *zijzelf* zijn de slachtoffers van de epidemie. Evenzo draait Zwarte Piet niet om gekwetste zwarte burgers maar om witte Nederlanders die in hun bestaan worden bedreigd.

Zulke zelfverklaarde oorlogsslachtoffers zullen zich vroeg of laat gaan verweren. Dat gebeurt nu in de vorm van intimidatie, blokkades, doodsbedreigingen, afpersing of het inrammen van stadhuisdeuren. Het kan ook kleiner. In een situatie waarbij stilzitten de norm is, heeft elke stap gevolgen. Wil je een samenleving ontwrichten, dan hoef je elkaar vandaag slechts te knuffelen, zoals bij Viruswaanzinprotesten gebeurt. Andere oproepen van Viruswaanzin: expres geen afstand houden, je niet laten testen bij klachten en op openbare plekken de aanwijzingen voor looproutes en coronamaatregelen verwijderen.

Oorlogje spelen voor lafaards.

Voor de duidelijkheid, álle Nederlanders hebben maandenlang een offer gebracht. Op de keper beschouwd waren onze offers minder groot dan in veel andere landen – onze lockdown was mild, er kwam steun van de overheid, het aantal doden en ernstig zieken is niet te vergelijken met bijvoorbeeld Italië – maar het blijven offers. Niet te verwarren met slachtoffers; daarvoor zijn daders nodig. En daar schuilt het gevaar.

Ik weet: chic is het niet om een vergelijking met de jaren dertig te maken. Ik bedoel, dat was een totaal andere situatie. Toen hadden we een wereldwijde crisis met gigantische werkloosheid, grote politiek-maatschappelijke onrust, populistische partijen vierden hoogtij doordat alle zekerheid was weggevallen. Bovendien kwam toen ook het idee van het slachtofferschap in zwang, van een bedreigd onschuldig volk, gepaard gaand met stigmatisering van andere bevolkingsgroepen, intimidatie en complotdenken. Nogmaals: onvergelijkbaar.

Toch?

Verschillende peilingen geven aan dat zo'n 10 procent van de Nederlanders denkt dat het coronavirus onderdeel is van een complot om die hardwerkende Nederlander op de knieën te krijgen. Dat zijn, kinderen daargelaten, ongeveer 1 miljoen mensen. Bijna 30 procent weet het nog niet zeker – maar laten we even focussen op die 10 procent. Deze 'compleetdenkers', zoals ze zich graag noemen, geloven bijvoorbeeld dat onze politici hopen dat wij corona zullen krijgen, omdat zijzelf aandelen hebben in de farmaceutische industrie. Deze mensen weten ook waarom Bill Gates zoveel van zijn eigen geld pompt in het verkrijgen van een vaccin: hij gaat microchips erin verwerken zodat we voortaan overal te volgen zijn. Bill Gates heeft lange tentakels. En is het Bill Gates niet, dan wel die andere grootgeldbezitter, de Hongaarse Jood George Soros. Hé, daar komen we op bekend terrein: de Jood als octopus.

Uiteraard zeggen die miljoen Nederlanders niet allemaal dát. Ze hebben het vooral over 'hogere machten'. Volgens de een worden we geregeerd door invloedrijke pedofielen – dat kan. De ander gaat liever voor 5G.

Basale feiten staan paf tegenover hogere machten. Van een complot win je nooit. Complotdenken is bovendien aantrekkelijk. Je gooit de rede overboord en verandert vanzelf in een ziener. *The poor man's genius.*

Nu hebben hogere machten (laten we zeggen: wetenschappers) zojuist via uitgebreid onderzoek vastgesteld dat Nederlandse kinderen de allergelukkigste ter wereld zijn. Statistisch gezien leven wij ondanks alle coronaschade nog steeds in het meest vrije land ter wereld, met een van de best draaiende economieën. Toch leeft 10 procent van onze burgers in een dictatuur. En

30 procent weet het nog niet zeker.

Vrijheid – zo heet het virus dat ons aantast. We zijn er zo van doordrongen geraakt dat we in het dagelijks leven geen idee meer hebben van haar oorsprong, haar waarde. Dáárom wanen wij ons nu zo graag in oorlog: we hebben geen benul wat het is. Geen wonder dat wij vluchtelingen gelukszoekers noemen.

Immuun voor alle mededogen.

Het zijn niet de complotdenkers op zich, niet de chantageboeren, de pro-zwarte-pieters, de viruswaanzinnigen. Het is de optelsom. Tel de Nexit-proevers daarbij op en de Forumers wier boreale bloed wordt 'verdund door immigratie', en het beeld doemt op van een zuivere, argeloze groep slachtoffers, aan banden gelegd door duistere krachten. Alles wordt hun afgepakt: hun prachtige werk met koeien en varkens, hun onschuldige kinderfeest, hun traditie, hun vrijheid.

Wat deze mensen verbindt, naast historisch besef als een gapende leegte, is dat ze weigeren na te denken over onze toekomst. De wereld is totaal veranderd. Deze groepen blokkeren elke poging daarmee om te gaan. Liever richten ze zich tegen De Ander. Wie dat is? Nu eens de politicus, dan weer de kunstenaar, de media, de Jood, de vluchteling, de immigrant, de wetenschapper, de antiracismedemonstrant, de milieubeschermer, de elite, Europa, de overheid. Kortom: 'Hoe ge het allemaal maar wilt noemen.' En, kers op de taart, 'allen die het toelaten.' Ik geloof dat we daarmee de volledige samenleving wel gecoverd hebben.

Ongerichte rancune richt zich uiteindelijk op de democratie zelf. Een scenario waarbij onze premier moet worden vermoord, is dan geen fictie meer. Zie Lange Frans.

Elke gezonde samenleving is gebouwd op de frictie tussen tegenstellingen, zoals nuchterheid en sentiment. Zet die tegenstellingen aan en niets blijkt nog verenigbaar.

Terwijl de extremen het land verscheuren, wordt de middenmoot gegijzeld – dus wat gaan we doen? Hoe kunnen we vooruit, omgeven door hysterie en stompzinnigheid?

Dat is de vraag die mijn geweten mij stelt.

NB

Amsterdam, januari 2021

Het voorgaande essay werd half september 2020 in *NRC Handelsblad* en *De Standaard* gepubliceerd. Naar aanleiding daarvan ontving ik meerdere reacties van lezers die stelden dat ik overdreef, dat het godzijdank wel meeviel in Nederland. Helaas werd de exponentiële curve pas goed zichtbaar in de maanden erna.

Eerst maar de hysterie. Eind september liet een groep bekende-Nederlanders-van-wie-niemand-had-gehoord alsnog van zich horen: ook zij pikten het niet langer, #ikdoenietmeermee. Famke Louise was de bekendste onder hen. Twee dagen later had ze zich weer bedacht en deed ze weer wél mee. Gelukkig maar.

Enkele weken later presenteerde de aspirant-omroep Ongehoord Nederland, naar eigen zeggen 'de meest patriottische omroep van Nederland', het heldhaftige plan om in de Sinterklaasperiode met een heus Zwarte Pietenjournaal te komen. Oud-journalist Arnold Karskens zag geen andere keus, omdat zonder zwarte knecht het Nederlandse volk wel eens uitgeroeid kon worden: 'Ik ben lang oorlogsverslaggever geweest en weet dat cultuuronderdrukking een eerste stap naar genocide kan zijn.'

Verder kregen we nog de vader uit Wolvega te zien die bij de school van zijn eigen zoon kwam protesteren omdat een mondkapje kindermishandeling zou zijn (de scholier zelf schaamde zich kapot voor zijn vader en was blij dat de politie ingreep); we kregen opperstoker Wilders die twitterde dat Fatima en Mohammed de plaatsen innamen van Henk en Ingrid op de ic, omdat ze zich niet aan onze cultuur aanpassen. En we werden getuige van de verdere opkomst van QAnon, een complottheorie die haars gelijke alleen kent in de *Protocollen van de wijzen van Zion* en *Jud Süss*. Eind september werd een Nederlandse aanhanger geïnterviewd door de NOS. Hij stond op het Museumplein te Amsterdam, waar toen bijna wekelijks werd gedemonstreerd, niet tegen corona maar tegen pedofilie. 'Het is onderdeel van de levensstijl van de elite om kinderen te misbruiken,' zo wist hij.

Voor wie nog niet op de hoogte was: volgens QAnon misbruiken hoge ambtenaren, politici en leden van het koningshuis talloze kinderen, en ze drinken ook hun bloed. Waarom staat dit niet in alle kranten, of zelfs maar in eentje? Omdat de media dit verzwijgen. Het is duidelijk waarom de theorie zo aanslaat: alle vliegen in één klap. Nederland staat inmiddels in de Twitter-top 3 van Europese landen waar QAnon-hashtags het meest circuleren. Vanuit de VS, waar de theorie haar oorsprong heeft, wordt door de FBI gewaarschuwd voor de bereidheid van deze fantasten om geweld te gebruiken. Het hoeft dan ook niet te verbazen dat de mensen die Kamerlid Omtzigt eind augustus op straat achtervolgden hierdoor waren beïnvloed. Ze riepen 'satanist' en 'deep state' naar Omtzigt, alvorens te dreigen hem dood te slaan.

In het najaar volgden meer doodsbedreigingen aan

het adres van politici, vanuit vele visies en vanonder alle stenen. Kamerleden werden halverwege oktober dusdanig geïntimideerd dat zij, aldus Kamervoorzitter Arib in *Nieuwsuur*, vaak via de achterdeuren het pand verlieten.

Ook de pers wordt sinds september meer en meer bedreigd. De NOS laat half oktober weten het logo van de dienstwagens te halen vanwege de te grote hoeveelheid bedreigingen: NOS-journalisten worden in hun dienstwagen van de weg gedrukt, uitzendingen worden onmogelijk gemaakt. Een triest dieptepunt werd bereikt op zaterdag 23 januari 2021, de eerste avond waarop de avondklok van kracht was. Overal in het land vonden plunderingen plaats, in Urk werd een coronatestcentrum door jongeren in de fik gestoken. Toen een NOS-nieuwsploeg de volgende dag een nieuwsitem bij het tot de grond toe afgebrande gebouw wilde maken, kreeg een bewaker van het NOS-team een bijtende vloeistof in het gezicht gespoten.

Dit alles gebeurde vlak nadat – we zijn er nog niet – een inwoner van Almere een video op YouTube had geplaatst om te melden dat er een zwarte lijst rondging met fotografen en journalisten. De man, die na zijn actie werd gearresteerd, raadde hun aan te vluchten: 'Ik weet dat jou zo meteen wat wordt aangedaan, althans dat is mij verteld.'

Naast politici en journalisten bleken ook wetenschappers nu getarget te worden: op de dag voor Sinterklaas gaven meerdere leden van het Outbreak Management Team (OMT) toe te worden bedreigd en zelfs thuis te zijn opgezocht. Ten gevolge hiervan twijfelden sommige experts of ze hun kennis nog wel wilden delen in de media.

En tot slot: ook de zorgverleners werden een doelwit. Reeds half september waren bezoekers van een teststraat in Eindhoven lastiggevallen en gefotografeerd door corona-ontkenners. Eind oktober werden de GGD-medewerkers van een teststraat in Breda persoonlijk bedreigd en werden vernielingen gepleegd; op 23 januari 2021 ging zoals gezegd een testcentrum in Urk in vlammen op; en ook ziekenhuizen in Enschede en Den Bosch moesten eraan geloven.

Hier was men stomverbaasd, in het buitenland niet zo. *RTL Nieuws* ondervroeg een Duitse journalist die al vijfentwintig jaar vanuit Nederland verslag doet voor Duitse media, Annette Birschel:

> ‘Dat er rellen in Nederland komen, verbaast me helemaal niet. Nederlanders zijn nogal emotioneel. Nederlanders zeggen wel dat ze nuchter zijn, maar ik snap niet hoe ze daarbij komen. Sommige Nederlanders zijn verbaasd, maar dan vraag ik me af in welk land ze hebben geleefd. Achttien jaar geleden moest ik van het Binnenhof worden geëvacueerd omdat er een protest kwam na de moord op Pim Fortuyn. We hebben laatst de boerenprotesten gehad waarbij ze het provinciehuis van Groningen hebben bestormd. Of de Zwarte Pietdemonstranten, die hadden in Friesland een hele snelweg afgesloten.’

Over de motieven was ze helder:

> ‘Eerst was het een anticoronaprotest, op het Museumplein in Amsterdam, maar dat is het allang niet meer: de relschoppers hebben eigenlijk geen agenda.’

DE FUNDAMENTEN

Amsterdam, februari 2021

Goed, de middenmoot. Alle extremen terzijde, wat willen *wij*?

In mei 2020 publiceerde ABN Amro de resultaten van een groot onderzoek, waaruit blijkt dat acht op de tien burgers bereid is minder vaak het vliegtuig te nemen; drie op de vier zou de auto vaker kunnen laten staan. Bijna de helft van de ondervraagden wil zijn reisgedrag aanpassen vanwege de klimaatverandering. De reden: een door het virus toegenomen bewustzijn over onze omgang met de planeet waarop we leven. Maar liefst zeven op de tien Nederlandse burgers zei de vanwege de lockdown verbeterde luchtkwaliteit en enorme daling van uitstoot van broeikasgassen graag te willen behouden. Opdrachtgever ABN Amro sprak van 'een keerpunt'.

Nu is een keerpunt weinig meer dan dat: een plek in tijd en ruimte waar je kunt beslissen om te draaien of verder te gaan. Bovendien worden de meeste enquêtes in Nederland al snel ingehaald door een andere, met een volkomen andere uitkomst. Maar dan nog. Ooit, op een zeker punt in een ellendig jaar, was een ruime meerderheid van de Nederlandse bevolking voorstander van een radicale koerswijziging – wetende dat dit het eigen leven minder makkelijk, minder gerieflijk zou maken. Zoiets is ongekend.

Er volgden in 2020 meer van zulke punten. Ze vormden een lijn. Eind september bijvoorbeeld: volgens een steekproef wil driekwart van de Nederlanders graag strengere lockdownmaatregelen. Men is voorstander van een mondkapjesplicht op drukke plekken, van meer thuiswerken, van een ov dat alleen voor noodzakelijke reizen opengesteld wordt. Wederom een vraag van de gemiddelde Nederlander om in te leveren op de eigen vrijheid. Alles ten behoeve van een groter goed: de volksgezondheid.

Onderzoek nummer drie, november 2020. Meer dan de helft van de Nederlanders (55 procent) is groot voorstander van een hogere prijs voor vlees, ter compensatie van de enorme schade die de veeteeltindustrie aan het klimaat en de natuur toebrengt. Zo'n 30 procent staat er neutraal tegenover en slechts 15 procent wil de vleesprijs houden zoals die is. Een oproep tot duurzaamheid.

Ten slotte publiceert de overheid in diezelfde maand de resultaten van een jaarlijks onderzoek naar het draagvlak voor de luchtvaartindustrie. De helft van de Nederlanders pleit, wederom, voor een beperking op vliegen.

Het is duidelijk wat de middenmoot wil: afremmen in plaats van uitbreiden, krimp in plaats van groei.

* * *

Hiertegenover staat een regeringsbeleid dat al decennialang uitgaat van het tegendeel. Sinds het aantreden van het eerste kabinet-Rutte vormen winstmarges, rendement en maximalisatie het devies – maar dat is niet de schuld van de VVD. Dit landschap ontstond niet in het luchtledige. Al in de jaren tachtig, toen het CDA regeerde, werden onder premier Lubbers de mogelijkheden voor marktwerking in de gezondheidszorg onderzocht. Die marktwerking werd in veel delen van de publieke sector doorgevoerd tijdens Paars I en II (1994-2002), een periode waarin de PvdA zich tot een vrolijke spagaat bekeerde (het vrijemarktsocialisme) en waarin een D66-minister voor Economische Zaken, Hans Wijers, zich opwierp als hoofdpromotor van het *new public management*. Het onderwijsstelsel werd in deze jaren zwaar beschadigd door hervormingen die vooral de PvdA erdoor wilde drukken vanuit de gedachte dat de mens maakbaar is – met schaalvergroting en een verdere maatschappelijke tweedeling als bitter-ironisch gevolg. Dus toen aan het begin van de eenentwintigste eeuw het kabinet Balkenende II zwaar bezuinigde op de sociale zekerheid en een nieuw zorgstelsel introduceerde geschoeid op neoliberale leest, was het landschap al zodanig verworden tot een gat, dat Rutte I er enkel in hoefde te springen: meteorietenregens hadden een natuurlijke biotoop geschapen voor de partij die hier sinds 2010 als een koudbloedige kolos van het ene rampje naar het andere hopt.

Vandaag blijkt de marktwerking misschien een twijfelachtige panacee voor ons leven; wij hebben dit landschap wel zelf gecreëerd. Dit is ons project. Dat Rutte keer op keer herkozen kon worden met dezelfde stuurloze slogan – 'je eigen verantwoordelijkheid nemen' – zegt alles over ons zelfbeeld.

We schrikken er niet eens meer van als een pandemie onder datzelfde motto wordt aangepakt.

> 'Wat in Nederland niet werkt is een regering die zegt: je mot dit en je moet zus en et cetera. (...) Ik vind het ook bij een volwassen democratisch land horen om mensen uiteindelijk ook daar hun eigen verantwoordelijkheid in te laten nemen.'

Dit zei Rutte op de persconferentie van 31 maart 2020. Zijn coronabeleid leek groepsimmuniteit eerder als uitgangspunt dan als doel te nemen. Ons land was anders dan andere landen. Een totale lockdown zoals in Italië – dat zou bij ons niet werken: Nederlanders zijn immers te zeer gehecht aan hun vrijheid. Rutte hoopte dan ook op begrip van het virus. Verder kregen we te horen dat we allemaal volwassen mensen zijn.

Waren Zuid-Europeanen dat dan niet? Waren die minder gehecht aan hun vrijheid? Ons coronabeleid leek meer op zakendoen. Volgens Rutte moest je als kabinet 'gewoon de feiten vertellen en dan is het aan die volwassen mensen om te besluiten of ze dat willen'. Vandaar ook de term 'intelligente lockdown'. Terwijl het openbare leven stillag, bleven vrijheidsmarges bestaan. De Nederlandse burger mocht zelf beslissen hoe hij zijn pandemie wilde indelen: als jij een mondkapje wilt dragen moet je dat vooral doen. Rutte stak niet onder stoelen of banken dat hij persoonlijk mondkapjes onnodig vond. 'Mensen moeten dit zelf regelen,' was zijn antwoord op de vraag welke mondkapjes dan eigenlijk geschikt waren. Ja, hij had er zelf ook een, zei hij op tv, maar hij wist niet of hij het zou gebruiken.

Zelfs toen de tweede golf in volle hevigheid was losgebarsten deinsde het kabinet terug. Een meerderheid van de burgers vroeg, gesteund door de complete zorgsector, om verplichte inperking, maar de persoonlijke vrijheid bleef onaantastbaar voor onze leiders. Terwijl de cijfers dramatisch stegen, was Ruttes ultieme oproep aan de maatschappij: 'Wij moeten dus nóg meer afstand houden.' In een samenleving gewend aan absolute vrijheid is dat geen zinnig appel. Alsof je een kind in een snoepwinkel zonder personeel achterlaat met de wijze raad nóg minder snoep te eten.

Ook volwassenen hebben nood aan regels, anders kun je de hele maatschappij wel opdoeken. Leiderschap wordt echter on-Nederlands geacht. Pijnlijke maatregelen, waaronder een mondkapjesverplichting, kwamen er pas toen de tweede golf niet meer te stoppen was.

Bevreesd voor de eigen sturende hand liet men in 2020 de burgers zelf over hun lot beslissen. Een minister van Justitie en Veiligheid bezwoer ons: we binden u niet vast, maar blijf in godsnaam binnen, wees geen aso. Dat is mooi. Wat je dan misschien niet moet doen is op je eigen bruiloft risicogroepen knuffelen. En wat je als koning niet moet doen is op de foto gaan met een Griekse restauranteigenaar, gezellig zij aan zij. Of op vakantie gaan als koninklijke familie zodra de premier ons allen bezweert thuis te blijven. En wat je dan weer als premier niet moet doen, is hiervan weet hebben.

Indien dit onze leiders zijn, wat verwacht je dan van je burgers.

> 'Het laatste wat ik wil is dat mensen naar mij luisteren. (...) En ze moeten vooral niet iets doen omdat ik het zeg.'

Wijze woorden voor een premier.

* * *

Persoonlijk falen zou te vergeven zijn indien je politiek beleid consistent was. Maar dit kabinet is een beetje een jokkebrok. Het gaat helemaal niet om je eigen verantwoordelijkheid nemen. Onze regering stuurt wel degelijk.

In oktober werd door het ministerie van Klimaat een heuse Klimaatdag georganiseerd, met als doel ons land te inspireren voor de energietransitie. Wie nodigde toenmalig minister Wiebes uit om de dag te openen? De fossiele reuzen Shell en BP. 'Beide multinationals streven naar klimaatneutraliteit, beide zijn ook heel actief in Nederland,' aldus de uitnodiging. Het laatste deel van die zin rekenen we goed.

Je zou het lief-naïef kunnen noemen om de grootste olie- en gasleveranciers ter wereld te vragen hoe we eventueel van olie en gas af kunnen komen. Het is echter opzet. De Nederlandse overheid geeft jaarlijks, zo blijkt uit recent vrijgekomen cijfers, minimaal evenveel geld uit aan subsidies voor fossiele brandstoffen als aan subsidies voor CO_2-besparing. We hebben het dan over 4,5 miljard euro. Met een transitie heeft dat niets te maken: de fossiele subsidie kende de afgelopen jaren juist een groei. Het duurde tweeënhalf jaar voor Wiebes met de gevraagde documenten kwam. Tot die tijd ontkende de regering dat die subsidies überhaupt zouden bestaan.

Als Wiebes de belangen van het bedrijfsleven wilde dienen, waarom zei hij dat dan niet gewoon? Waarom een ministerie met een januskop oprichten: Economische Zaken én Klimaat?

Die januskop kost ons alleen maar geld. Wat met de ene mond wordt uitgespaard vreet de andere weer weg: 4,5 miljard weggestreept tegen 4,5 miljard, dat is 9 miljard euro per jaar in rook opgegaan. Wie zegt dat de transitie naar duurzame energie klauwen met geld kost, krijgt op deze manier gelijk. Nogal wiedes dat we niet vooruitkomen.

Hier duwen, daar trekken: ook immobiliteit is een vorm van sturing. De fossiele industrie wordt overeind gehouden met belastinggeld; hetzelfde geldt voor die andere grote vervuiler, de veeteeltindustrie: hallucinante bedragen aan subsidie worden erin gestoken, en dat terwijl de middenmoot het anders wil.

Je kunt zelfs sturen door alleen maar toe te kijken. Officieel is onze regering voorstander van meer groene energie. Goed nieuws voor het volk. In de Wieringermeer werd in 2020 zowaar het grootste windmolenpark van Nederland geopend – nog meer goed nieuws. Via dit windmolenpark zouden 370.000 huishoudens van groene energie voorzien kunnen worden. Alleen wordt in datzelfde gebied nu een datacenter van Microsoft gevestigd, dat het leeuwendeel van de opgewekte groene energie voor zichzelf gaat gebruiken. Het bouwcontract werd door een lokaal gemeentebestuur aan de techgigant verleend: een stukje eigen verantwoordelijkheid nemen. De overheid betoogt dat ze hieraan niets kan doen, zij gaat niet over lokale aanbestedingen. Het gevolg is dat een mondiaal megabedrijf voorrang krijgt op de Nederlandse burger en uiteindelijk op het milieu. Omdat de regering niets doet.

Omwille van dit alles heeft de Nederlandse staat – een unicum in de wereld – sinds december 2019 een rechterlijke veroordeling aan zijn broek hangen. De zogeheten Urgenda-uitspraak draagt onze regering op meer te doen om de internationale milieudoelstellingen te halen waaraan ze zich heeft verplicht. Qua duurzaamheid is Nederland in de EU de slechtste leerling van de klas.

Niet dat men zich er iets aan gelegen laat liggen. Op 20 november, dezelfde dag waarop de gemiddelde Nederlander aangaf minder te willen vliegen, presenteerde het kabinet zijn Luchtvaartnota: het wil groei zien – desnoods met immense staatssteun: KLM kreeg in 2020 een injectie van 3,4 miljard euro.

Ik herinner mij Wiebes' uitspraak in een tv-programma op 15 maart 2020, de eerste lockdown was toen koud drie dagen in werking:

> 'Het zal voor heel veel zzp'ers een teruggang in inkomsten betekenen. Daar hebben zij ook een beetje zelf voor gekozen. (...) Deze mensen hebben zelf bewust dat risico genomen.'

Kennelijk zijn we allemaal volwassen mensen – behalve multinationals: die kunnen wel een steuntje in de rug gebruiken, zeker als er geen voorwaarden aan gekoppeld worden.

Neem Booking.com. Dit privébedrijf ontving 65 miljoen euro aan coronasteun. Op zich heel mooi, hiermee konden de lonen van de werknemers worden doorbetaald. Alleen, Booking.com verdiende in 2019 zo'n 5 miljard dollar, het leeuwendeel daarvan in Amsterdam, waar het hoofdkantoor gevestigd is. Waar is al dat geld gebleven? Het ging naar de aandeelhouders. Bovendien kocht het bedrijf in 2018 voor 14 miljard dollar aan eigen aandelen in. Misschien had Booking.com óók wat geld opzij kunnen leggen voor zijn werknemers. Zo werkt de vrije markt echter niet. In dit systeem kun je als schatrijke private onderneming met winst als hoofddoel in tijden van nood gewoon bij de Nederlandse overheid aankloppen. Na de eerste ronde van coronasteun ontsloeg het bedrijf alsnog een kwart van zijn personeel.

En wij maar eigen verantwoordelijkheid nemen en failliet gaan.

Zzp'ers kregen uiteindelijk ook financiële hulp, heel werkend Nederland heeft een bedrag mogen ontvangen, waarvoor dank. Toch rijst de vraag: waar ligt het belang van onze regering? Het antwoord vindt u hierboven. Des te onvoorstelbaarder is het dat die regering ermee wegkomt. De VVD blijft onbedreigd populair; de partijen die in Nederland steevast bovendrijven zijn juist die welke klimaatproblemen als hysterie afdoen, actief lobbyen voor de veeteeltindustrie en ons land een verwoestend economisch model hebben aangewreven: VVD, CDA, PVV. Hoe is dat mogelijk? Hoe kan de Nederlandse burger enerzijds aangeven verandering te willen en anderzijds stemmen op partijen die zulke verandering met man en macht willen tegenhouden?

We bezitten zelf een januskop.

* * *

Enkele jaren geleden voerde een kunstenaarsduo een experiment uit dat berucht zou worden. In Rotterdam lieten ze twee varkens grootbrengen door de buurtbewoners. De beesten kregen namen: Blonde Arie & Slome Japie werden de mascottes van de stadswijk Katendrecht. Ze werden vertroeteld en mochten vrijelijk rondscharrelen, levend van de voedselresten die de buren dagelijks langs kwamen brengen. De sociale cohesie in de achterstandswijk nam enorm toe, de varkenswei werd een ontmoetingsplek. Een buurtbewoonster verklaarde dat ze in de eerste drie weken van het project meer mensen uit de wijk had gesproken dan in de drie jaar dat ze er woonde.

Uiteindelijk kondigden de kunstenaars aan dat de dieren geslacht zouden worden. Tijdens een buurtbarbecue waar iedereen welkom was zouden ze worden opgegeten. Uiteraard ontstonden er protesten, *hoe kun je zoiets doen?* Een petitie werd opgesteld om de beesten te redden, er kwam een comité 'Red Arie en Japie'. De buurt hing vol spandoeken. Een buurvrouw stelde voor om de varkens naar een boeddhistisch retraitecentrum in Friesland te brengen. Een ander sprak van de 'killing fields op Katendrecht'.

Maar het ging om gezond vlees van de gelukkigste varkens in Nederland.

Geef een dier een naam, verzorg het met liefde en we hebben een geweten. Zet ze massaal bij elkaar in een betonnen stal, onthoud ze elke vorm van natuurlijk leven: hmm, lekker.

Het werpt de vraag op of wij wel rationele wezens

zijn. Ikzelf bijvoorbeeld ben vegetariër, maar een eitje gaat er toch wel in. Voor dat gebakken ei worden elk jaar wereldwijd vijf miljard pasgeboren kuikens vergast of levend in een verhakselmachine gegooid. Dat zijn de haantjes, die hebben geen nut in de eierindustrie. In Nederland alleen al gaat het om veertig miljoen exemplaren. Ik eet er geen omelet minder om. Kennelijk accepteer ik het bestaan van een vernietigingsmachine, zolang ik maar geen kip hoef te eten. Toon me echter een Instagramclip van één kreupel kuikentje en ik schiet prompt vol.

Op eenzelfde manier gaan we om met mensen. Ook hier geldt het principe: massaal-anoniem blijkt beter te verteren. Chronische hongersnoden, oorlogsverschrikkingen die maar duren en duren, al die voortslepende ellende – dat weten we nu wel. Het wordt zelfs een beetje vervelend ('Hebben ze daar nu wéér een aanslag gepleegd?'). Voor één losse aardbeving tasten we dan weer graag in de buidel.

Een mens wil overzicht bewaren, helderheid hebben. Wordt het probleem reusachtig, dan verlamt het ons mededogen en handelen we niet. Empathie werd nooit ontworpen voor het grote formaat.

Hoe graag we onszelf ook rationeel willen noemen, we verschillen maar weinig van complotdenkers en hysterici: die wensen de realiteit evenmin te aanvaarden. De ene kan hooguit een wat breder perspectief aan dan de ander.

Hoe grootschalig mag een probleem worden vóór de hele wereld afhaakt? Zien we iemand in zijn eigen garage in de auto zitten, met draaiende motor en de ogen dicht, dan vermoedt niemand een complot; we sleuren die persoon eruit, grijpen in zonder na te denken. We zouden medeplichtig zijn indien we het lieten gebeuren, maar dat was niet eens de overweging: het is een reflex, een dierlijk instinct neemt het over.

Lastiger wordt het wanneer de noodsituatie groter, complexer en onvoorspelbaarder is. Als de garage het formaat heeft van een planeet en de tijdsduur waarbinnen we al dan niet kunnen ingrijpen veeleer in mensenlevens dan in minuten te meten is; als met andere woorden de ratio vereist is, dan verwatert elke individuele verantwoordelijkheid, louter omdat we met zovelen getuigen zijn van onze zelfmoord.

Allesomvattende rampen sussen ons in slaap. Iets lijkt te bewegen, maar we raken niet vooruit. Hoe we ook proberen de zaken op een rijtje te zetten, we komen telkens weer uit bij hetzelfde punt.

Onze ratio bezit de vorm van een cirkel. We willen wel vlees eten, maar niet Arie of Japie, want we accepteren geen dierenleed – maar we willen wel vlees eten. We willen wel goedkope spullen, maar niet als een kind het produceert, want uitbuiting accepteren we niet – maar we willen wel goedkope spullen.

Welkom in het rad der vooruitgang.

Alleen kinderen stellen soms nog de juiste vragen. We kennen het moment allemaal: huilende kleine aan tafel, weigert het bord leeg te eten, want beseft plots wat het eet: vlees. Een blik vol ongeloof en afgrijzen – *hoe kun je zoiets doen?* Zo'n uk met onvolgroeid hoofd stelt de enige vraag die ertoe doet: wat is het verschil tussen een varken en je eigen hond, tussen je kat en een koe? De ouders zijn aangedaan: wat een mooi, empathisch kind hebben wij. Maar het is geen empathie. Dat kind is het enige rationele wezen aan tafel. Het gebruikt zijn brein waarvoor het is bedoeld: om conclusies te verbinden aan een waarneming, en een weigering aan die conclusie. Het kind trekt een rechte lijn tussen geweten en handelen.

En wij? Hoe immenser de crisis en hoe dieper we ervan doordrongen raken, des te meer grijpen we terug op bestaande structuren. Van alle diersoorten blijkt alleen de volwassen mens in staat tot groteske ontkenning. Het zijn de bijwerkingen geworden van ons bewustzijn, collateral damage van een hoofd dat maar is blijven groeien. We dragen dit hoofd als een handicap, het maakt ons tot de slimste en meest stompzinnige diersoort op aarde.

Zolang we slechts onze eigen stilstand in deze crisis ervaren en niet stilstaan bij andere levende wezens dan wijzelf, gaan we door op de oude voet. Daarvan maken politici als Rutte en Wiebes dankbaar gebruik.

Zolang zich niets nieuws aandient, leven we voort in kortsluiting, wandelen we rond in cirkels.

* * *

Doen we dan helemaal niets? Natuurlijk wel. De Nederlandse burger wordt al jaren door het Rijk aangemoedigd zelf een steentje bij te dragen, middels Postbus 51-waarheden:

Verbeter de wereld, begin bij jezelf!
Neem eens wat vaker de fiets!
Afval scheiden doe je zo!

En dus scheid ik wat ik kan, mijn woning is geïsoleerd, ik heb geen auto, probeer korter te douchen. Feit blijft: het is allemaal volkomen zinloos. Het is zinloos om als burger je best te doen, vakkundig je eigen troep te ordenen, om dan te zien dat het plastic van een heel land gedumpt wordt op een stort in Turkije. Het is zinloos om de fiets of trein te nemen als de ene na de andere snelweg wordt verbreed, als gas en olie en de hele luchtvaartindustrie overgesubsidieerd blijven worden en grootindustriële bedrijven kunnen handelen naar believen. Het is zinloos om goedgemutst een dag in de week minder vlees te eten als gezin en dan te lezen dat 100.000 kippen levend zijn verschroeid vanwege een stalbrand in Groningen of 92.000 varkens preventief worden geruimd vanwege weer een nieuw virus.

We doen het – we doen wat we kunnen, maar we kunnen helemaal niets met deze regering. Zoetgehouden met allerlei milieuklusjes en energiespeurtochten krijgen we steeds meer verwoesting voor de kiezen.

Ook daarom vallen burgers terug in hun oude patronen: hun bijdrage, hun oprechte wens tot verandering vindt geen grotere weerklank. Intussen wordt die burger wél wijsgemaakt dat hij of zij zelf de sleutel tot verandering in handen heeft.

Het maakt alle politieke verontwaardiging nog holler dan ze al was. Minister van Infrastructuur Van Nieuwenhuizen (VVD) 'sprong uit haar vel' toen ze hoorde hoe druk het half december 2020 op Schiphol geworden was: hadden die mensen geen verantwoordelijkheidsgevoel? Hoe kon dat toch gebeuren tijdens een pandemie? Dat kon gebeuren omdat dit nu eenmaal is wat een bedrijf met winstoogmerk doet. Al maandenlang ontving ik mails van KLM met spotgoedkope vluchten naar coronagebieden. Ik kreeg ronkende reclame om toch vooral naar de Antillen te vliegen: dat was officieel geen buitenland, daar konden we nog gewoon naartoe. Ryanair gaf tweede vliegtickets gratis weg. En dan kun je wel pro forma uit je vel springen, maar dit is het logische gevolg van je luchtvaartbeleid: een kolossale staatssteun met nul restricties.

Soms lees ik krantenadvertenties waarvan het me niet eens meer duidelijk is of die nu afkomstig zijn van het Rijk of van het bedrijfsleven. Februari jl. in *NRC Handelsblad*:

> 'De verwarming vandaag een tandje lager, de lichten vaker uit. Want we weten waar we overmorgen met onze energie willen zijn. Zuinig, groen, duurzaam. Samen bewegen we vooruit.'

Dezelfde lulkoek, ook nu mogen we het weer samen doen, alleen komt dit keer de aansporing van de aardgasindustrie. Vergeet dat vooruitbewegen dus maar even. Zeg het eens, *OnsAardgas*, hoe kan ik als burger mijn steentje bijdragen aan een schoner milieu? Via aardgas, natuurlijk. En ik maar denken dat olie, steenkool en aardgas de grote vervuilers waren.

> 'We gaan steeds beter om met onze energie. (...) Zo werken we vandaag allemaal aan onze #energievoormorgen.'

Kom als kabinet alsjeblieft niet langer aanzetten met je hashtag eigen verantwoordelijkheid. Het is exact dezelfde methode waarmee het vrijemarktdenken ons van oudsher klemzet. De consument heeft zelf de macht, zo luidt het neoliberale mantra al jaren: immers, als de vraag verdwijnt neemt het aanbod af. Maar laten we eens kijken naar zo'n retourtje Barcelona voor 20 euro. Die prijs werd mogelijk vanwege het belastinggeld dat er eerst in werd gepompt via regeringssteun. En dan verwacht je dat de burger zegt: 'Ho, wacht eens even, 20 euro, dat is zó goedkoop, dat doen we maar even niet. Mag ik er ook gewoon 200 euro voor neerleggen?'

Die arme vrije markt toch, met handen en voeten gebonden aan de wil van de consument. Dit bedrog is een symbiotisch verbond aangegaan met onze overheid. Nog maar een voorbeeld. Het Rijk tracht al enkele decennia via meerjarenplannen grote industriële bedrijven tot energiebesparing aan te zetten. Dit leidde tot het zogeheten MJA3/MEE-convenant. Het doel was om een energiebesparing van 2 procent te bereiken, gelijk aan 3,8 megaton minder CO_2-uitstoot per jaar. Dat is een mooi streven. Wat blijkt: alle aangesloten kleinere bedrijven hebben hun inspanning geleverd – ze moeten wel als ze in Nederland willen opereren, voor hen bestaat wettelijk een energiebesparingsplicht. De grotere bedrijven, om welke het eigenlijk draait, hebben er schijt aan: voor hen geldt die plicht niet. Voor de échte vervuilers bestaat geen enkele aansporing, laat staan een pressiemiddel, om over te schakelen op duurzame productiemethoden. De winstprikkel zal altijd voorrang krijgen. Wie qua duurzaamheid het beste wil presteren (of gewoon gewetensvol wil zijn) levert in op rendement en verliest daarmee van de concurrent.

Minister Wiebes verdedigde het falen van het MEE-convenant met het argument dat 2 procent besparing nooit een formeel doel was. Dat was het echter wél. Het doel werd pas geschrapt toen Rutte I aantrad.

En zo gaat het door in Nederland. Op alle terreinen heeft het bedrijfsleven grip gekregen, met dank aan de overheid. Waarom zijn de woningen in de grote steden onbetaalbaar geworden? Omdat ons vastgoed sinds enkele jaren een product is geworden van grote internationale beleggers met maar één doel: rendement. De overheid laat het gebeuren, terwijl ruimtelijke ordening en huisvesting tot haar kerntaken zouden moeten behoren – waarom hebben we anders politici nodig? Eind 2020 kwam een groep verontruste Nederlandse architecten in opstand, ze lieten van zich horen middels een manifest. Een van de initiatiefnemers is Victor van Leeuw van EGM architecten. In *NRC Handelsblad* stelde hij:

> 'Steeds vaker lijkt de functionele of maatschappelijke behoefte aan gebouwen minder belangrijk dan de economische behoefte. Kantoren, winkels en zorgvastgoed zijn vooral beleggingsobjecten en woningen fungeren tegenwoordig als product voor speculatie. Bouwen is verworden tot een business, waarbij de bouwproductie bijdraagt aan het bnp.'

Naast de bouw kent de Nederlandse regering nog een andere manier om de staatskas te spekken: via belastingen, of liever het omzeilen ervan. Nederland stond in 2020 in de top 3 van belastingparadijzen wereldwijd. Google bijvoorbeeld heeft jarenlang dankzij Nederlandse wetgeving belastingen kunnen ontwijken. Dit leverde onze fiscale dienst 25 miljoen euro extra op. Google is bij lange na niet de enige multinational die deze truc toepast, Booking.com profiteert er eveneens van: sinds het eerste kabinet Rutte heeft de kolos 1,8 miljard euro aan belasting 'bespaard'. Ten gevolge van ons vernuftige systeem liepen andere landen meer dan 30 miljard euro aan fiscale inkomsten mis. Maar dat is niet alles. Diezelfde belastingdienst die ons land verrijkt ten koste van andere heeft in de afgelopen jaren doelbewust tienduizenden Nederlandse gezinnen onder rechtszaken en schulden bedolven: de toeslagenaffaire. Het ging om gewone gezinnen, werkende ouders die de armoede in zijn geprocedeerd. Ze waren volkomen onschuldig en het gebeurde met medeweten van de overheid.

Dit is het systeem dat we dienen. Een systeem dat goed is voor het bnp en dat wonen onbetaalbaar maakt. Dat goed is voor de business en dat zijn burgers mangelt. Ons systeem steunt de multinationals en vernietigt het milieu. Dat is geen hyperbool. De wereld die wij nu kennen zal binnen een eeuw vernietigd zijn. Intussen mogen wij in de weer gaan met plastic flesjes en oud papier.

Vind je het gek dat de burger dan afhaakt en zich terugtrekt op de eigen vierkante meter, waar nog wél resultaten geboekt kunnen worden? Ieder doet nu wat hij kan om tenminste het eigen leven op de rails te houden. De bittere ironie is dat dit de grootste coalitiepartijen prima uitkomt. De VVD en het CDA, beide met hun eigen specifieke belangen, is er alles aan gelegen de situatie min of meer te houden zoals ze was. Niet te veel verandering, zogezegd om de kiezer niet van zich te vervreemden – terwijl die kiezer dus grotendeels voorstander is geworden van ingrijpende verandering *mits er perspectief wordt geboden*.

Wat dat betreft lijken burgers op elkaar. Elke burger heeft au fond dezelfde behoefte: ergens toe te behoren, tot iets groters waar men niet uitgestoten wordt. Voor de een is dat de voetbalclub, voor de ander een land, de kunstwereld, een politieke partij, de aarde voor mijn part; het kan ook allemaal tegelijk. Elke burger heeft verder de wens om gehoord te worden in concrete zorgen en vooral: oprecht te worden geregeerd. In die zin is het onredelijk om mijn eigen woede en zorgen valabel te achten en die van anderen te bagatelliseren. Sterker nog, wat als mijn klachten nu eens dezelfde zijn als die van de PVV'er, alleen anders verwoord? Niet *exact* dezelfde klachten, maar *in de kern* gelijkaardig? Wat als we stilaan zouden accepteren dat er geen wezenlijke tegenstelling bestaat tussen de zogenaamde extremen en de middenmoot? Complotdenkers en gezagsgetrouwen, hysterici en 'rationelen', veehouders en vegetariërs, kunstenaars en PVV'ers, virusontkenners en zorgmedewerkers, we zitten in hetzelfde schuitje, bien étonnés de nous trouver ensemble. Elk met een andere analyse en vaak met diametraal tegengestelde oplossingen, maar we ervaren hetzelfde, bewust of gevoelsmatig: dat het vrijemarktdenken is doorgedrongen tot het hoogste regeringsniveau en dat dit een bedreiging vormt voor ons land, onze democratie. Enerzijds direct, door te meten met twee maten: monsterbedrijven hebben zoveel macht verkregen dat zij het democratisch principe dwarsbomen dat voor andere, de kleinere, wél geldt. Anderzijds indirect: hoe langer je het nemen van eigen verantwoordelijkheden tot je grondbeginsel verklaart en hoe langer je als premier verkondigt dat je maar een primus inter pares bent, dat we allemaal volwassen mensen zijn, des te groter de kans dat dit, naarmate resultaten uitblijven, zich tegen jezelf zal keren en een totale ondermijning van elk gezag teweegbrengt. Zie het geplunder in vele steden toen de avondklok werd ingesteld. Zie ook: het totale ongeloof in het buitenland, waar zulke rellen niet waren uitgebroken.

Het ontbreken van oprecht en neutraal leiderschap

zorgt voor een volkswoede die uiteindelijk extreemrechts zal omarmen – enkel en alleen omdat de gevestigde partijen via samenwerking nooit met een helder alternatief zijn gekomen.

Dat alternatief is er. Het bestaat. Het wordt alleen nog niet denkbaar geacht.

* * *

In het jaar 1888 verkeerde de Nederlandse schilder Vincent van Gogh in een diepe, existentiële crisis. Op 20 mei schreef hij vanuit Arles een brief aan zijn broer:

> 'We komen niet meer in opstand tegen de dingen, erin berusten doen we ook niet – we zijn er ziek van en het gaat niet over – en we kunnen er niet bepaald iets tegen doen. Ik weet niet wie die toestand heeft omschreven als "door dood en onsterfelijkheid getroffen zijn". (...) En wij (...) voelen (...) dat het groter is dan wijzelf en van langere duur dan ons leven. Wij voelen ons niet doodgaan, maar we voelen de realiteit dat we onbeduidend zijn.'

Nu was Van Goghs crisis een hoogstpersoonlijke, de onze is mondiaal; en ik zou het maatschappelijk lot van de wereld niet graag in de handen leggen van kunstenaars. Dit is dus geen oproep om allemaal schilder of dichter te worden. Maar kunstenaars bezitten soms de gave het particuliere universeel te maken, al kan het een mensenleven duren voor het wordt opgemerkt.

Tijdens de eenzame periodes van 2020 heb ik de brieven van Van Gogh gelezen. Het was geruststellend om via hem bevestigd te zien hoe eenzaamheid niet zozeer te maken heeft met fysieke opsluiting, afzondering of de onmogelijkheid een ander aan te raken. Van Goghs eenzaamheid was die van een mens, wanhopig-optimistisch op zoek naar aansluiting met de wereld. Hij wilde niet-afgesloten zijn. Hij zocht vriendschap met anderen, slaagde daar niet in wegens zijn incompatibel karakter. Hij was desperaat op zoek naar contact, naar liefde, de natuur, 'de warmte van een vrouw'. Het was allemaal *umsonst.* Hij vergeleek zich in dezelfde brief met een koetspaard, een dier dat niet kan genieten van het leven.

> 'En dan heb je er geen zin in en zou je liever in
> een wei willen staan met een zon, een rivier,

gezelschap van andere paarden die ook vrij zijn,
en de voortplantingsdaad.'

Uit al zijn brieven spreekt een dierlijk hunkeren naar gemeenschap.

Covid-19 heeft ons doen beseffen wat eind negentiende eeuw een schilder al wist: dat wij ondanks al onze pogingen los te komen van de dood, van die anonieme onsterfelijkheid, er nog steeds een deel van vormen. En dat er geen middel tegen bestaat, geen ideologie of economisch model. We zitten eraan vast.

Er is maar één uitweg en dat is de overgave, de volmondige acceptatie dat er zaken zijn groter dan onszelf. Alleen dit kan ons verlossen uit de lethargie die on-doden en on-levenden van ons heeft gemaakt. Van Gogh streefde zijn leven lang ernaar een 'echte natuurschilder' te worden, hij had gewoond in de grote steden en zich daaruit teruggetrokken, hij wilde gaan leven op het land, via de seizoenen, woonde en sliep tussen de boeren die hij aanbad en die hem maar een gekke sukkelaar vonden. Hij wilde de natuur kunnen schilderen, vatten, betrappen. Hij vatte haar uiteindelijk ook in een opstand van kleuren, een opstand die toentertijd belachelijk werd geacht – blauwe bomen, zot! – maar hij had zijn hoogst particuliere aansluiting gevonden met de natuur. Van Gogh draaide zijn eigen revolutie af, en veranderde de schilderkunst. Maar belangrijker, hij veranderde *ons*, onze manier van kijken, de manier van kijken van onze grootouders en van onze kleinkinderen, met twee handen, wat verf en verder niets dan onbegrip en weerstand. Hij volhardde omdat hij het niet deed voor zichzelf, al was het een hoogst private onderneming: hij deed het voor ons, zo benoemde hij het ook, voor een wereld die na hem zou komen.

> 'Waarvoor zou ik kunnen dienen, zou ik niet dienstbaar kunnen zijn en in zekere zin nuttig?'

Dit was de vraag die hij zichzelf bij voortduring stelde. Het is een radicaal andere benadering van ons huidige idee van nut: rendement.

> 'Als jij in staat zou zijn in mij iets anders te zien dan een nietsnut van het slechte soort, dan zou ik daar heel blij om zijn. En als ik ooit

> iets voor je zou kunnen doen, weet dan dat ik tot je beschikking sta. (...) Wij zijn tamelijk ver van elkaar verwijderd en we kunnen (...) verschillende zienswijzen hebben, maar op zeker moment, op een zekere dag zou de een de ander toch van dienst kunnen zijn.'

Van Gogh is vandaag de culturele trots van Nederland. Hoewel maar een kunstenaar heeft hij ons land helpen definiëren. Vandaag is hij ons van dienst. Van Gogh is een van de personen die me dit jaar erdoor wist te sleuren, simpelweg omdat het aan de politiek ontbreekt wat deze kunstenaar zo ruim bezit: radicaliteit en oprechtheid. Hij worstelde met zichzelf, met zijn eigen beperkingen, en vond uiteindelijk iets wat groter was dan hemzelf. Het ging voor hem niet langer om persoonlijk geluk. Op persoonlijk vlak vond hij het niet, we weten allemaal hoe het met hem afliep. Maar voor hem betekende geluk iets anders, hij zocht het op via de kunst.

> 'Een schilder is daarom gelukkig omdat hij in harmonie is met de natuur zoodra hij (...) kan weergeven wat hij ziet. (...) Men is dan ook

> minder alleen omdat men denkt, ik zit hier wel eenzaam doch terwijl ik hier zit en mijn mond houd spreekt mogelijk mijn werk met mijn vriend en wie het ziet zal me niet verdenken van liefdeloosheid.'

Ik heb geen verwachtingen van kunst op zich, niet op maatschappelijk laat staan op medisch vlak. De werken van Van Gogh hangen even onmachtig aan de muren van een ic als een kruisbeeld, al bieden beide wellicht troost. Kunst grijpt in, maar niet in het lichaam. En toch, in een acute gezondheidscrisis omzwachteld door een planetaire crisis zegt Van Gogh iets essentieels: persoonlijk geluk is ook niet alles. En dat in de letterlijke zin: het is niet alles. Deze crisis kan enkel ten goede worden gekeerd indien we persoonlijk geluk niet langer opvatten als iets geïsoleerds, iets wat bestaat *naast* of *ten koste van* de wereld. Het is er onderdeel van. Is het dat niet, dan is het als geluk te wantrouwen.

Dat is wat de resultaten uit de enquêtes van 2020 ons leren. De middenmoot wil inboeten op persoonlijk geluk en op persoonlijke vrijheid als dat ons allen uiteindelijk helpt.

Als we willen dat dit een keerpunt is, dan hebben we een opstand nodig.

* * *

Nu is de staat van revoluties niet zo best. De laatste radicale omslagen die de mensheid heeft mogen meemaken waren weinig vredig en nog minder geslaagd: nazisme, communisme, de culturele revoluties in Azië en Latijns-Amerika... Revoluties lijken vooral te werken binnen de domeinen van de kunst of de wetenschap c.q. technologie. Op alle andere gebieden loopt het doorgaans slecht af.

Toch heeft het begrip in se weinig te maken met bloederige opstanden en nog minder met een zonnige heilstaat in de toekomst. Revolutie houdt zelfs geen verwoesting van het verleden in. *Re-volvere* – daar is oompje etymologie weer – wil zoveel zeggen als 'terugrollen', 'teruggaan'. Volgens het Latijnse woord gaat het dus eerder om een terugkeer, vanuit een hoogst ongewenste situatie. In een wereld geconditioneerd door de groeigedachte betekent revolutie: een terugkeer naar minder. Het omverwerpen van dat oude systeem zal ons niet herleiden tot chaos of anarchie maar tot een zekere natuurlijkheid.

Het loslaten van groei betekent ook niet een lagere levensstandaard, het is geen terugval, het beoogt niet een wereld vóór de uitvinding van de penicilline, de telefoon, vaccinaties, internet. Deze verworvenheden kunnen blijven bestaan, zonder het waanbeeld van oneindige groei en rendement waarmee we zijn grootgebracht. Zonder de valse hoop op onsterfelijkheid.

Wij hebben onszelf in ontzagwekkend tempo doen geloven dat we exceptioneel zijn, dat we volkomen los zouden kunnen staan van de natuur, van de wereld waarin we staan. Alleen een omwenteling kan ons verlossen van de afzondering die wij rond ons hebben opgetrokken.

In weinig meer dan twintig jaar zijn we erin geslaagd alle restjes wildernis die er nog over waren te verkavelen, te verkopen, af te breken, te ontginnen, bebouwen, plat te walsen, verbranden, om te zagen. Alles wat ooit onbevattelijk was, wat ons overweldigen kon, werd verkruimeld, kleiner gemaakt dan onszelf. We hebben er in materiële zin ontzaglijk veel voor teruggekregen. We kunnen de natuur beetpakken en verhandelen als een product. Heel onze westerse samenleving is ingericht op maakbaarheid.

Bestaan er nog plekken of momenten in ons leven die aan de eindigheid ervan herinneren? Nauwelijks. Degenen die hier wél dagelijks mee geconfronteerd worden, vanwege ongelukkige thuisomstandigheden, sociale kwetsbaarheid, schulden, ziekte of gewoonweg domme pech, ontwijken we liever. Die laten we hun eigen verantwoordelijkheid nemen – de kabinetten Rutte hielpen graag een handje mee. Worstelen en afzien wordt nu geassocieerd met falen, eindigheid met ziekte of met dood; niet met het leven.

Dat is de reden waarom deze crisis zo diep is en zo zwart als een gat van Anish Kapoor: het zuigt ons erin. Alles wat wij nu broodnodig hebben is verdwenen of ernstig verzwakt. We hebben het grotere verband vernietigd. Daardoor kunnen we niets meer in context zien. We zijn het verleerd om onbeduidend achter te blijven.

Ervaren we het grotere geheel nog wel, dan doen we dat op onze eigen voorwaarden. Op vakantie bijvoorbeeld. Starend naar een zonsondergang of waterval raken we van ons stuk, omdat we voor een ogenblik niet meer weten of we nu iets goddelijks of iets dierlijks ervaren. We staan onszelf toe overweldigd te raken, om het daarna onder te brengen in comfortabele termen als romantiek, gezelligheid, een glas chardonnay.

Extase – maar met mate.

En dan is daar 2020, een jaar dat onnoemelijk veel groter bleek dan onszelf en dat zich niet laat hanteren: het hanteerde ons. Een minuscuul virus steekt zijn stokken in de raderen van onze onsterfelijkheid. De economie staat stil. Continenten zitten binnen. En we kunnen de pandemie maar geen plekje geven. We kunnen het niet, omdat *wijzelf* het plekje zijn.

De wereld draaide nooit om ons, maar deze pandemie nu eens wel.

* * *

Om onze rol daarbinnen te kennen is het noodzakelijk de dingen in een groter perspectief te zien. De vraag is dan: hoe groot. Stel, een goeie vriendin van me maakt zich grote zorgen over haar gezondheid of haar baan, dan helpt het niet als ik haar zeg dat al die problemen over vijftig jaar hoe dan ook verdwenen zullen zijn samen met haar bestaan op aarde. Het is waar – maar het helpt niet echt. Wat ook niet helpt: over de oerknal beginnen als iemand zijn belastingaanslag binnenkrijgt. Sommige perspectieven zijn net te groot.

Geologen en astronomen proberen ons vaak op die manier te troosten. Zij kunnen, eenmaal gevraagd naar de klimaatproblematiek, blijmoedig uitweiden over de veerkracht van de aarde, die al eerder met veranderingen te maken kreeg. 'Vroeger groeiden er palmbomen op de Noordpool. En moet je nu eens kijken.'

Geologen denken niet in mensenlevens maar in eonen. Ik ken er persoonlijk een voor wie dit allemaal een grote grap is omdat hij al weet hoe we zullen eindigen: samengeperst in het gesteente, tussen de bossen en de steden. Over miljoenen jaren, zo weet hij, komen we vanzelf weer aan de oppervlakte, vloeibaar of hard, in de vorm van steenkool of olie. Met andere woorden, maak je geen zorgen. Geologen en goden hebben eenzelfde soort humor.

Je kunt ook te klein denken: je zegelboekje van de Plus moet nog vol, maar je hebt nauwelijks tijd om vóór het aflopen van de actie nog boodschappen te doen. Hoe ga je dit in godsnaam oplossen?

Beide perspectieven zijn belangrijk, het ene houdt het universum gaande, het andere jezelf. Maar ze redden ons niet uit deze crisis. Ze verlammen ons eerder, zorgen voor eenzelfde stilstand als die het virus ons oplegt.

Ergens tussen die twee, tussen zelf buiten schot blijven en zelf alle ruimte vullen, ligt het juiste verband: precies groot genoeg om erin verloren te lopen en zodanig afgebakend dat het houvast biedt. Dit verband is niet noodzakelijk iets moois, perspectief dient er niet toe ons op te beuren; het is meer een gat dat wordt geslagen, een gat ter grootte van de wanhoop. Je eigen zorgen passen erin, maar ook die van je kinderen, je buren, een rijstboer in Bangladesh, een kuiken.

Dit gat is gemeenschappelijk. Het heet ons geweten.

* * *

Het geweten is de enige plek in ons lichaam die zowel van ons is als van een ander, en die ook de eigen tijd overstijgt. Voor een politicus kan dat onhandig blijken: die wil nú herkozen worden, niet over dertig jaar, hiér zijn achterban sussen, niet in Bangladesh. Een geweten levert dan weinig op.

Voor wie twijfelt aan de noodzaak van een revolutie kan het echter nuttig zijn. Met een geweten kun je namelijk in de toekomst kijken. Dat kan omdat alle feiten en data die we daarvoor nodig hebben voorhanden zijn. Voor het eerst in de menselijke geschiedenis is het mogelijk accuraat te berekenen hoe de wereld er voor de volgende generaties uit gaat zien. Daarbij wordt uitgegaan van verschillende scenario's, afhankelijk van onze aanpak vandaag: radicaal ingrijpen of halfslachtig aanpassen.

In het meest optimistische scenario, waarbij we de klimaatverandering en de zeespiegelstijging nog enigszins kunnen temperen, hebben we het niet over een Armageddon maar over, nou ja, Gewone Catastrofen. In zo'n optimistisch scenario zullen er bijvoorbeeld grote tekorten zijn ontstaan in voedselvoorraden en natuurlijke grondstoffen. Wetenschappers hebben uitmuntend in kaart gebracht wat ons huidige beleid van uitputting, overbevissing, overconsumentisme, overbemijning, ontbossing, bio-industrie voor de toekomst betekent. We hebben het dan over gevolgen die feitelijk niet meer terug te draaien zijn. In dat meest vrolijke scenario zullen steden onder water komen te staan, zal er onoverkomelijke schade zijn – maar het zal ons vrijwaren van erger. De zeespiegel zal dan hopelijk – hópelijk – slechts een halve meter stijgen. Nogmaals, deze toekomst staat ons nageslacht te wachten indien we radicaal zijn, alles omgooien. Alleen een revolutie in ons denken en handelen kan onze achterkleinkinderen voor ons behoeden.

Wat de gevolgen zullen zijn als we het roer *niet* omgooien – daarvoor verwijs ik graag naar Netflix. Bekijk een gemiddelde rampenfilm, haal de zombies weg en je bent op de hoogte.

Het probleem is dat niets erop wijst dat het vrolijke scenario gehaald zal worden, en dat terwijl alles wat daarvan afwijkt absolute horror inhoudt. Zelfs een half graadje temperatuurstijging meer zal betekenen dat de zeespiegel op lange termijn zes meter zal stijgen. Het kan ook meer zijn.

Zoiets heet geen keerpunt maar een point of no return.

De toekomst is echter maar één kant waarlangs ons geweten zich uitstrekt. Aan de andere zijde opent zich het verleden. Het is bekend hoe wij vandaag de dag oordelen over zaken als heksenvervolging, slavernij of marteling als onderdeel van het rechtssysteem. Zulke zaken waren vroeger algemeen aanvaard, niemand die er vragen bij stelde. Er zat ook een logica achter, onze voorvaderen deden niet zomaar wat.

Neem heksenvervolging. Dat ging allemaal heel ordelijk en volgens de regels. Je bond een beschuldigde vrouw een molensteen rond de nek, gooide haar in het water en wachtte af. Bleef ze drijven, dan was het een heks. Verdronk ze, dan werd ze natuurlijk vrijgesproken. Ook achter slavernij ging een sluitende filosofie schuil: dat niet-witten minderwaardig zouden zijn. Langs de meetlat van zulke argumenten werden kolonisatie, uitbuiting en, als het echt niet anders kon, uitmoording van de lokale bevolking gerechtvaardigd.

We zijn geneigd te zeggen: dat was tóén. Maar we hebben het niet bepaald over verafgelegen tijden. Tot een eeuw geleden werd van miljoenen Congolezen een hand of voet afgehakt als ze niet hard genoeg rubber tapten voor Leopold II. Tot 1956 mochten zwarten en witten in zuidelijke Amerikaanse staten niet in dezelfde bus zitten. Tot 1989 was racisme de wettelijke basis waarop Zuid-Afrika fungeerde. Tot 2020 kon een zwarte man met een politieknie in de nek binnen zeven minuten tot zwijgen worden gebracht. Het verleden begint sneller dan je denkt.

Met de analogie van dit verleden en de data voor de toekomst tezamen kunnen we een heldere inschatting maken van hoe onze nakomelingen over ons zullen oordelen. De manier waarop onze economie en onze samenleving vandaag zijn opgebouwd blijkt namelijk *im Grunde* nog steeds dezelfde. Ze gaat uit van de verregaande exploitatie van grondstoffen, natuurgebieden, andere volkeren, andere sociale groepen en andere diersoorten voor eigen gewin. En we kunnen ons wel opwinden over al die gelukszoekers uit Afrika en het Midden-Oosten die in ons beschaafde Westen allemaal een stukje willen van onze taart; maar we weigeren na te denken over de werkelijke reden van hun vertrek: in veel gevallen onrechtmatige invallen in hun land en oorlogen die westerse landen aldaar zijn begonnen om controle te hebben over de olievelden, de mijnen en ga zo maar door. Zelfs de officiële motivatie is nog dezelfde als eeuwen terug: we komen er de democratie brengen, de beschaving, mensenrechten.

Ik zeg niet dat wij ons in Nederland dagelijks schuldig moeten voelen om de rijkdom die wordt genoten dankzij de grove misstanden van onze voorvaderen. Maar we moeten één van onze januskoppen afhakken: je kunt niet én misstanden in het verleden veroordelen, kanttekeningen plaatsen bij de VOC én voortgaan op de oude voet. De term wingewest hebben we afgeschaft, de praktijk is identiek. De hele aarde is ons wingewest.

Wij zijn de laatste generatie die daarvan kan profiteren. Toekomstige generaties zullen dat niet, zelfs al zouden ze het willen. De vraag die wellicht al door onze kinderen en kleinkinderen gesteld zal worden is deze: Hoe konden jullie geloven in een idee van groei terwijl heel jullie handelen was gericht op de vernietiging van wat je had? Hadden jullie dan geen geweten?

Kennis was in elk geval nooit het probleem. Juist dat zal men ons aanrekenen. Shell wist waartoe zijn beleid zou voeren: al in de jaren negentig verhoogde het bedrijf zijn nieuwe boorplatforms met twee meter om de zeespiegelstijging die het zelf veroorzaakt nog enige tijd de baas te kunnen. Shell wist het.

En vandaag weten wij het allemaal. Ik heb voor dit essay geen geheime archieven geraadpleegd, het is op tv, het is in de krant, op de radio, op internet, op Instagram, Facebook. De kennis over het probleem is zo alom aanwezig dat zich een ander probleem voordoet, het werkelijke dilemma: we wéten nu wel dat we het weten.

Onze verlamming is daarmee in een droste-effect terechtgekomen. Het begint stilaan te vervelen: de regenwouden, de smeltende ijskappen, *we know* – het is even betekenisloos geworden als een weesgegroetje. We horen het gapend aan, vallen bijna in slaap van de apocalyps. Terwijl het tijd is om te gillen. In de toekomst zal men zich over ons gegaap het meest verbazen. Zij kunnen niet meer ingrijpen, wij wel. Doen we dit niet, dan zijn we medeplichtig.

Ons gedrag van de afgelopen decennia zal de geschiedenis ingaan als irrationeel, amoreel, egocentrisch, onverantwoordelijk en volstrekt misdadig. Moderne multinationals zullen in één adem worden genoemd met de VOC: ze brachten ons voorspoed, maar tegen welke prijs. De namen van CEO's zullen in schoolboeken worden aangehaald als voorbeelden van moreel wangedrag.

Ook over u, over mij, gewone burgers, zal de toekomst snoeihard oordelen. Voor al die zaken die ons verlammen zullen we ons ooit moeten verantwoorden.

* * *

Sinds de val van de Berlijnse Muur is het dominante economische model er een dat neerkomt op streven naar groei. Tijdens diezelfde drie decennia werd meer dan de helft van de totale hoeveelheid CO_2 geproduceerd die vrijkwam sinds het begin van de industriële revolutie.

Sinds de achttiende eeuw. Meer dan de helft. Drie decennia.

In diezelfde jaren kwam ook onomstotelijk vast te staan wat de gevolgen daarvan waren. Maar het is nog een tandje erger. Veel multinationals gedijen op rampen: tijdens de eerste maanden van de huidige pandemie groeide het vermogen van tweeduizend miljardairs (goed voor zo'n 98 procent van het vermogen van alle miljardairs wereldwijd) met meer dan een kwart. Dit alles als gevolg van de aandelenkoersen en groei in de technologiesector en gezondheidszorg. De financiële markten hebben een topjaar beleefd, de beurzen beleven hoogdagen. Volgens een schatting van *Forbes* zijn alle miljardairs in 2020 bij elkaar 1,9 biljoen dollar rijker geworden. Even uitschrijven hoor: 1.900.000.000.000 dollar. Terwijl de bezoeken aan de voedselbank exponentieel stegen, terwijl onze familieleden aan de beademing lagen, terwijl zorgverleners van vermoeidheid instortten, terwijl wij niet aanwezig mochten zijn bij de laatste momenten of op de begrafenis van onze grootouders, werden schatrijke enkelingen daar nog wat rijker van.

Zo'n 10 procent van de ondervraagde miljardairs heeft aangegeven een deel van hun vermogen te willen doneren ter bestrijding van het virus. Dit betekent dat 90 procent van de miljardairs geen geweten heeft.

Dat hoeft ook niet binnen dit systeem. Sterker nog: zou een miljardair die er financieel op vooruitgaat in het geval van een pandemie zich inspannen om een volgende pandemie te voorkomen?

Zelfs wanneer het misgaat, gaat het goed. Regeringen wereldwijd helpen consequent de schuldigen van opeenvolgende crises uit de brand. In 2008 was er de financiële crisis. Verschillende banken die zo niet de motor dan toch de grotere machinerie vormden van alle ellende werden met staatssteun overeind gehouden. Zogezegd omdat anders het systeem zou klappen. Maar dat systeem móést juist klappen. Intussen werd in Nederland wél flink gekort op kunst, cultuur, zorg, onderwijs en onze kwetsbaren. Daar rolt geen geld uit, dus werd het verwoest.

Verslaafd geraakt aan het vrijemarktdenken zijn onze bestuurders niet alleen de middenmoot vergeten, ze zijn zelf tot de extremen gaan behoren – door deze te dienen. Die extremen worden uiteindelijk niet gevormd door dat losse verbond van nationalistisch-rechts, viruscomplottistisch of crimineel-plunderend allooi; dat blijken vooral randgevallen. Nee, de ware uitersten zijn de buitengewoon invloedrijke multinationals, geleid door een uiterst kleine club van ziekelijk rijken.

Omdat dit systeem dertien jaar geleden niet radicaal werd omgegooid, zitten wij vandaag nog dieper in de misère. Een obsessie met winst, groei en rendement heeft onze fundamenten aangetast.

* * *

Covid-19 is slechts een amuse. De geboorte van dit virus houdt rechtstreeks verband met de manier waarop wij met onze wereld omspringen. Zoönosen zullen er altijd zijn, ze zullen bestaan zolang dieren met elkaar en met mensen in contact komen; maar waar besloten wordt om kippen, varkens, runderen massaal bij elkaar te zetten, zúllen ook mensen besmet raken. Tot nu toe was het vooral jammer voor de dieren zelf en voor onze economie. Maar een volgend virus zal wellicht besmettelijker zijn dan Covid-19 en ook dodelijker. Daar kunnen we op wachten: zo werkt evolutie, zo werkt de natuur. Die grijpt kansen waar ze worden geboden. Die springt in het gat.

Het is natuurlijk handiger om een domme Chinees aan te wijzen die zo nodig een vleermuis moest eten – wat een achterlijke eetgewoontes hebben ze daar ook, en zo onhygiënisch. Maar het staat in geen verhouding tot ons eigen gedrag. Een aflevering van het tv-programma *Keuringsdienst van Waarde* was begin 2021 gewijd aan het varken in Nederland. Vroeger kreeg een zeug zo'n dertig biggetjes per jaar. Dat gemiddelde is de laatste jaren opgeschroefd naar veertig en we zijn op weg naar vijfenveertig per jaar. Het varken is er niet voor niets: het moet presteren. De zeug brengt haar hele leven door in een betonnen hok of kooi, ze ziet geen gras, geen buitenlucht, ze ziet zelfs haar eigen biggen nauwelijks, die worden na gemiddeld drie weken weggehaald, waarna de zeug weer geïnsemineerd wordt met nieuw zaad, binnengehaald via een andere boer die de beren beheert.

Ook de beren komen nooit buiten. Zij leven in eenzelfde hok en werden op aarde gezet om op een toestel klaar te komen. Dan weer terug het hok in. Vroeger werd de beer nog helemaal naar de zeug gebracht, van boer naar boer; maar dat kost te veel geld en duurt ook te lang. De beer en de zeug zien elkaar nooit of zelden. Terug naar de zeug: die ligt haar gehele leven op de grond te zogen of zwanger te wezen of te baren, waarna ze weer kan zogen. Het rad der vooruitgang. In Nederland zijn de zeugen dankzij onze technische knowhow zodanig gefokt dat ze een rib erbij hebben gekregen: hierdoor worden ze langer en kunnen ze meer biggen baren, en je hebt ook meer vlees om te slachten. Winwin. Verder worden er ook tepels bij gefokt. Tien jaar geleden had een zeug twaalf à dertien spenen, vandaag zestien à achttien. Het doel van de zeug: twintig tepels.

Probeer je voor te stellen dat je als vrouw een leven lang tegen de grond gehouden wordt tussen tralies, zonder contact met andere mensen, vastgehouden met één doel: te zogen. Na drie weken worden je kinderen weggehaald en krijg je weer sperma toegediend, opdat je weer zwanger kunt worden. Intussen mag je nooit naar buiten. Dit is je leven; en dan naar de slacht.

Het is mijn idee van de hel. Toch noemt men deze afdeling in het boerenbedrijf 'de kraamkamer'.

Hoever willen we gaan? Drie ribben extra? Dertig tepels (lees: dertig biggen voor de slacht)? Een varkenshouder die voor het tv-programma wordt ondervraagd, is ferm in zijn oordeel over de grens: 'Er is geen grens.' Op de vraag of een zeug in de toekomst wellicht tachtig biggen per jaar zou kunnen afleveren, zegt hij: 'Nou, misschien niet over twintig maar misschien over veertig jaar wel.' En verder: 'Waarom zou die grens er zijn?' De interviewer werpt op: 'Omdat het een levend wezen is.' Waarop de varkenshouder antwoordt: 'Als de vrije markt bepaalt dat meer biggen en harder groeien meer rendement opleveren, dan wordt daar ook in de fokkerij op gestuurd.'

Het wekt geen verbazing dat het idee voor varkensflats afkomstig is uit Nederland. Verticale veeteelt.

Los van het gewetensaspect: wij zijn de kraamkamers van pandemieën.

Onze nakomelingen weten dat. Over honderd jaar zullen zij zeggen: Hoe konden die mensen zo achterlijk zijn? Nogal logisch dat je ziek wordt als je de natuur zo behandelt.

Dat zullen ze niet zeggen omdat de toekomst zulke moreel hoogstaandere wezens zal afleveren (ik ben niet zo van de vooruitgangsgedachte), maar omdat de gevolgen van ons handelen hen van alle kanten zullen belagen.

Zij die na ons komen zullen aan den lijve ervaren dat een streven naar winst en groei voor de ene zijde niet kan bestaan zonder verlies aan de andere zijde. Kapitalisme werkt niet als een gesloten systeem waarvan iedereen profiteert. Het werkt alleen via verlies aan de onderkant: daar zit de brandstof voor het systeem. Uitbuiting, onderbetaling, dierenmishandeling, ongeletterdheid, vervuiling, ontbossing, plundering en vernietiging van de aarde vormen de motor van het vrijemarktprincipe.

We weten dit en we komen niet in opstand. Er zijn protesten, zoals van Extinction Rebellion; en in de nadagen van 2008 hadden we de Occupy-beweging. Maar verder: niets.

We wéten dat de helft van alle CO_2-uitstoot geproduceerd werd in de laatste drie decennia, we zien dat onze banken, pensioenfondsen en opeenvolgende regeringen onbekommerd blijven investeren in fossiele brandstoffen... en we komen niet in opstand.

We wéten dat bomen onze zuurstof produceren, we weten dat de helft van onze wouden en bossen inmiddels is verdwenen... en we komen niet in opstand.

We wéten dat miljoenen dieren in de afgelopen decennia werden geruimd vanwege telkens nieuwe ziektes (Q-koorts, varkenspest, dioxine, tbc, BSE, MKZ en zo verder), we wéten dat ze in Nederland massaal worden gefokt, opeengepakt zonder enige vorm van natuurlijk gedrag, als levende producten... geen opstand.

We wéten wat de gevolgen zullen zijn van temperatuurstijging, dat de enorme aantallen tsunami's, cyclonen en droogtes van de afgelopen decennia door ons gedrag zijn veroorzaakt, we wéten van de ongekende catastrofes, de massa-extincties, de oorlogen om schaarse voedselbronnen die ons te wachten staan en waarvan de processen reeds in gang zijn gezet – we weten eigenlijk alles wat we moeten weten. Het is bekend dat we onszelf vernietigen.

Gelukkig is er ook goed nieuws. Covid-19 heeft ons in het Westen voor het eerst collectief doen voelen wat we reeds weten. We *ervaren* nu hoe de sterfelijkheid op ons af dendert zonder enige rem. Daarmee maakt het virus ons bewust van iets nieuws: dat de wereld ook óns ervaart. We weten alles zó volkomen, zien de dingen zó helder allerwegen, zó glashard in onze face, dat de dingen ons stilaan beginnen *terug te zien*. We worden erin opgenomen, als in een geweten.

Dat is al eens eerder gebeurd, en wel in de kunst, waar alles eerder gebeurt. Meer dan een eeuw geleden stond de dichter Rainer Maria Rilke in het Louvre voor een klassiek beeld, de *Torso van Milete*. Zo'n vijfentwintig eeuwen scheidden Rilke van het marmeren beeld, een tijdsspanne groot genoeg om de rollen om te draaien. Rilke ervoer hoe het beeld van de godheid, een torso zonder hoofd, hém bekeek in plaats van andersom. Na deze ontmoeting schreef Rilke het onsterfelijk geworden gedicht 'Archaïsche Apollotorso', waarvan de slotregels luiden:

(...) Geen plek die jou niet ziet.
Maak het dus tot een keerpunt in je leven.

Wij mensen zijn wel afgezonderd maar niet uitgezonderd. We zijn niet de enigen die kijken: de wereld ziet ons. Apollo ziet ons. Het varken ziet ons. Het virus ziet ons – en handelt op basis van het geziene. Dat vormt een natuurlijk gegeven.

Het is nu pas, oog in oog met de sterfelijkheid, dat het bijna-verloren-gegane een appel op jou kan doen: dit is het moment. Tot die tijd heb je het kunnen aanzien, ontkennen wellicht. Maar nu niet meer. Vandaag, niet morgen, moet je je leven veranderen.

Zo staat het er in het Duits:

(...) Denn da ist keine Stelle
die dich nicht sieht. Du musst dein Leben ändern.

* * *

Die verandering, de totale metamorfose, staart ons al meer dan anderhalve eeuw in het gezicht. Aldoor vormde ze de uitweg uit dit alles. Op zich wel grappig:

we weten sinds een paar decennia wat het probleem is en al meer dan honderdvijftig jaar wat de oplossing is.

In 1859 publiceerde Charles Darwin zijn boek *On the Origin of Species*. Vandaag weet vrijwel iedereen hoe het mechanisme van het leven op aarde werkt. We krijgen het onderwezen op school, we moeten er examens in afleggen: de evolutietheorie.

We weten allemaal dat we hier per toeval zijn doordat er 65 miljoen jaar geleden uit het niets een meteoriet kwam neergelazerd. Weg dino's – en daar kwamen wij: kleine spitsmuisachtigen die een paar miljoen jaar als verlegen nachtdieren in holen hadden geschuild, wachtend op betere tijden. Nu kruipen we tevoorschijn, verlost van de grote bullebakken.

Reeds als spitsmuis wisten wij rampen te benutten. Kansen pakken, mens worden, *king of the world*. Klaar. De evolutietheorie kent vele hoofdstukken en paragrafen, de ene nog ingenieuzer dan de andere, maar voor mij was dit ene gegeven altijd de grootste dobber. Geen meteoriet – geen homo sapiens.

Onze volstrekt toevallige aanwezigheid op deze planeet werkelijk laten doordringen en vervolgens ons leven daarnaar inrichten kon wel eens ontwrichtender zijn dan welk geloof, welke ideologie ook. Daarom kiezen de meesten ervoor het niet te doen – niet écht althans. Het is ook verre van prettig om te omarmen dat het leven geen zin, geen doel kent, geen richting heeft, geen maker en geen eindpunt (tenzij je de *big crunch* bedoelt en van dat vooruitzicht word je al helemaal niet vrolijk). Dus we staan er liever niet bij stil.

Het bizarre is alleen dit. Iemand die zijn theorie rijvaardigheid nog maar net binnen heeft, zou je nooit onbegeleid de weg op sturen. Maar een hele planeet laten wij zonder problemen over aan een zooitje dat nauwelijks zijn evolutietheorie heeft gehaald.

Covid-19 geeft ons nu een snelcursus van de praktijk. Het coronavirus leert ons de evolutie niet enkel te begrijpen als een schoolles maar als een realiteit, als de enige volkomen sluitende idee over wat ons leven vormgeeft en wat onze plek erin is. Dat minuscule klootzakje dient geen hoger doel, het is hier niet om ons iets te leren; het slaagt er niettemin in om de westerse mens ervan te doordringen dat deze ondanks alle moeite zich af te zonderen van de natuur, er niet aan ontsnapt; simpelweg door het ons te laten ervaren.

Wie deze idee accepteert en zich volkomen eigen

maakt zal andere levende wezens als gelijkwaardigen moeten zien. Dat is het pijnlijke deel. Het leuke deel is dat je, eenmaal doordrongen van je sterfelijkheid, ineens ook heel anders tegen Thierry Baudet aankijkt. Die is hier dan ook maar een beetje per toeval naartoe geëvolueerd. Net als een kokkel.

Dat is het geweldige houvast dat de evolutietheorie ons biedt. Geen politicus, geen CEO, geen kunstenaar is belangrijker dan een kokkel. We denken graag van wel, maar weet u nog wie farao Kamosis was? Of Ur-nammu? Pepijn de Korte? Geef het een paar duizend jaar en hetzelfde zal zijn gebeurd met Mozart, Beyoncé, Willem van Oranje, Shakespeare. Zelfs Lange Frans zal ooit vergeten zijn: geruisloos opgegaan in de genenpoel van wasberen, influencers, korstmossen, granen en blauwwieren.

Wie de evolutietheorie hartstochtelijk omvademt, gaat een kokkel des te meer waarderen: die doet het al honderden miljoenen jaren zoveel beter, vrijwel onveranderd en in alle rust, blind, met maar één voet, een anus en een mond en verder niets. En je hoort hem er zelden over pochen.

Ik zou zelfs verder durven gaan. Een kokkel verdient

méér aandacht dan Thierry Baudet of Lange Frans, omdat een kokkel geen verweer heeft tegen onze grote waffel. Hij leeft daar ergens onder water en wij bezitten de macht ermee te doen wat we willen.

Maar hij ziet ons. Die kwetsbaarheid maakt hem belangrijk.

De evolutiegedachte geheel te absorberen en daarbij niet enkel opgewekt te blijven, maar er zelfs kracht uit te putten: het kan. Het ligt niet voor de hand, maar het kan. We moeten haar toelaten tot in onze kern. Het is het enige grotere verband dat ons kan helpen. We moeten ons bekwamen, niet in de theorie maar in de praktijk.

De eerste stap: onszelf niet langer als een uitzondering beschouwen. Zo bijzonder zijn we niet.

Het stond allemaal al vermeld in *On the Origin of Species*, het meest belangwekkende werk ooit geschreven. We besteedden er geen aandacht aan, geobsedeerd geraakt door ideeën van vooruitgang in plaats van metamorfose, individuele onsterfelijkheid in plaats van collectieve eindigheid. We hadden de theorie verdrongen, en nu is daar plots de praktijk. Covid-19 duwt ons de grote weg op. Zie maar hoe je thuiskomt.

* * *

Ik heb de praktijk maar één keer eerder aan den lijve ervaren. Of liever, meerdere keren, zij het op dezelfde plek – en zelfs dat is niet waar, het ging om meerdere plekken. Ik heb het over het poolgebied. Ironisch genoeg moest ik naar de meest afgezonderde gebieden van ons bestaan, ver benoorden en bezuiden de boomgrens, om te ervaren wat natuurlijkheid is.

Aan de Noord- en de Zuidpool houdt elke vorm van westerse cultuur het voor gezien. Dit zijn de laatste gebieden waar we geen kans maken. Ze vormen niet elkaars maar onze tegenpool, alle barrières die we wereldwijd tegen de natuur hebben opgetrokken worden hier omvergeblazen, leven en dood zijn geen gescheiden afdelingen meer, je bevindt je in beide tegelijk. Er bestaat in dit landschap niet eens de mogelijkheid om irrationeel te zijn. Nergens onderga je de realiteit zo onontkoombaar. Je bereik valt er weg, er zijn geen mensen, geen wegen, geen spaaracties of korting, je hebt er niets aan je geld of aan diploma's, heel je almacht doet het niet. Hier is Netflix noch theater, alles is er echt. Je bent op jezelf aangewezen.

Ik heb het geluk dat ik Spitsbergen, Groenland en Antarctica verschillende malen mocht bezoeken. Op geen plek voelde ik me zo overbodig, zo ongewenst. Overbodig omdat alles – de wind, de kou, de uitgestrektheid – je te kennen geeft dat het al eonen prima ging zonder jouw aanwezigheid. Ongewenst omdat dit landschap niet alleen het meest strenge en meedogenloze ecosysteem herbergt, maar ook het meest broze en kwetsbare. Til een steen op en je legt een piepklein samenlevinkje bloot dat er decennia, soms eeuwen over heeft gedaan om zover te komen. Op mijn eerste expeditie naar Spitsbergen, in 2007, hadden we zulke keien gebruikt om de haringen van onze tenten te stutten. Onze leider was een Vlaamse poolbioloog. Hij maakte er een erezaak van om ons bij het opbreken van het tentenkamp op te dragen alle stenen terug te leggen op exact dezelfde plek als waar we die uit de grond hadden weggehaald. Deden we dit niet, dan hadden we een miniwereld verwoest en de vraag was of we dat op ons geweten wilden hebben. Ik moest hard lachen om zijn opdracht. Hij niet.

Enkele jaren later moest ik weer hard lachen toen ik op een afgelegen sneeuwvlakte aan een gids vroeg of ik even mocht plassen. 'Liever niet,' antwoordde die. Mijn plasje zou een verstorende bijdrage aan het landschap inhouden. Hij sprak over mijn urine als over een bijtend zuur. Ik zag in de verre omtrek alleen sneeuw en rotsen. Urenlang liep ik klotsend rond, zo milieubewust dat mijn blaas bijna klapte. Tot overmaat van ramp werd ik enkele malen aangevallen door roofvogels: grote jagers pikten genadeloos in op mijn kop. Hoofdschuddend stond de expeditieleider op afstand. 'Ga daar weg!' Eenmaal terug bij de groep kreeg ik nogmaals op mijn kop: 'Je kwam te dicht in de buurt van hun nest. Als dat ei breekt of onderkoeld raakt moeten ze tot volgend jaar wachten en was dit hele jaar voor niets.'

De Noordpool is geen plek voor medelijden. Niet met mij, althans. Ik werd in de jaren daarna nog vaak in mijn kop gepikt, door noordse sternen, kleine en grote jagers. En terecht, dacht ik nu elke keer.

Waar het aan de polen op neerkomt is dit: gelieve geen voetstappen achter te laten. Voor de meeste mensen is dat vervelend, voor een kunstenaar is het de dood; alleen losers maken geen indruk op hun omgeving.

De meest ingrijpende ervaring was het om alleen

op pad te gaan, gewapend met een geweer dat ik niet mocht gebruiken. Pas als de ijsbeer je op dertig meter en in aanval is genaderd mag je proberen te schieten – als je dan nog op tijd bent. 'De ijsbeer heeft het recht je te doden.' Dat was het eerste wat ik tijdens mijn schietcursus op Spitsbergen leerde. Ook toen begon ik hard te lachen. De instructrice niet. Die antwoordde dat ik hier niets te zoeken had. Er werd wat afgelachen aan de Noordpool.

Ik ben dat moment nooit vergeten. Voor het eerst in mijn leven werd ik gewezen op het rechtsbeginsel van een dier. Dat ik daarom moest lachen zei veel over van hoe ver ik was gekomen, hoezeer ik was afgedwaald. Niet de polen maar ikzelf had mij afgezonderd, in het waanidee dat ik exceptioneel was. In mijn eentje liep ik over de toendra, op zoek naar een hutje dat toch ergens moest opdoemen. Een paar dagen ervoor had ik nog toneelgespeeld in de Amsterdamse stadsschouwburg, ik was een echte acteur geweest, met applaus en alles. Hier moest ik het doen met een handvol kogels die ik niet mocht gebruiken. Niet eerder voelde ik me zo onmachtig, zo waakzaam en sterfelijk tegelijk, deel van de voedselketen. Berenmaaltijd: hmm, lekker.

Absurdst van al, het voelde prima. Voor het eerst sinds mijn jeugd leek alles te kloppen, kwam de omgeving op natuurlijke wijze met mij overeen. Ik zat op een oude rots van metamorf gesteente, een miljard jaar oud, uitkijkend over de ijsschotsen in de baai. Ik luisterde naar het getintel van eeuwenoud zuurstof dat uit de witte blokken ontsnapte, en ik wist: als ik nu twee minuten niet omkijk, kan het afgelopen zijn. Er was geen paniek, enkel kalmte. Ik keek geregeld om, op mijn qui-vive als het sneeuwgorsje even verderop, terwijl ik van deze krankzinnige wereld genoot. En ik weet nog dat ik dacht: als een ijsbeer me nu vindt, dan is dat maar zo. Het leek me natuurlijker en minder belachelijk dan thuis uit te glijden over een kwak mayo en onder een tram te belanden.

Het was wat het was.

Krankzinnig uiteraard. De schaal was te groot geworden, de gesteentes waren te oud, het landschap te weids, ik bevond mij in genesis en post-apocalyps tegelijk, was getuige van zowel mijn herkomst als van buitenaards leven. Maar vooral, ik ervoer tot in mijn diepste vezels *dat ik er niet toe deed*. Ik was door dood en onsterfelijkheid getroffen. Ik voelde dat het groter was dan mijzelf en van langere duur dan het leven.

Terug in de bewoonde wereld heb ik lang overwogen of deze hele ervaring niet gewoon sentiment was. Maar ik besefte: niet eerder was ik zo down-to-earth, zo rationeel geweest. Ik had de ratio ervaren via mijn lichaam. Theorie was praktijk geworden. Ik wist al jaren: het leven is eindig, we zijn kruim op de rok van het universum... talloze boeken en gedichten had ik erover gelezen. Daardoor had het altijd iets abstract-retorisch behouden. Het poolgebied had alle metaforen verwoest en me midden in het leven geplaatst.

Achteraf heb ik het nooit aan iemand kunnen uitleggen en ik heb ook nu getwijfeld of ik het zou opschrijven omdat het, eenmaal los van die plek, die situatie, belachelijk overkomt, ook op mezelf.

Maar dit is nu juist de sleutel. Om een vorm van natuurlijkheid terug te vinden moeten we een stap zetten die absurd lijkt, belachelijk overkomt. Van Gogh deed het door zich te verliezen in krankzinnige kleuren, hij maakte onvoorziene, tot dan toe onbestaande vormen mogelijk, die pas later geaccepteerd zouden worden. Hij maakte het ondenkbare denkbaar. Wij die stammen uit Van Goghs toekomst, kunnen ons nauwelijks voorstellen dat hij er ooit niet was, zo natuurlijk is zijn wereld voor ons geworden.

* * *

Natuurlijkheid, alles leuk en aardig, maar hoe verwerf je zoiets? Allereerst, door af te raken van het gebruikelijke cynisme. 'Haha, ja hoor, terug naar de natuur, jager-verzamelaar worden zeker, in de bomen gaan hangen en besjes eten, doodgaan aan een eenvoudige griep... is dat wat je wilt?'

Je kunt het belachelijk maken, door het als een hippieachtige illusie voor te stellen, terug naar een wereld zonder geld waar bezit diefstal is. Maar dit zijn geen idealen van een Vietnamgeneratie, dit is niet het gebaar van de bloem in de geweerloop, het gaat niet eens om een ideaal maar om lijfsbehoud. Als de evolutiepraktijk ons iets leert, dan wel dat er geen hoger doel bestaat, geen utopie in de natuur valt na te streven. Er is ook niets zweverigs aan de gedachte dat, als we zo doorgaan, we onze kleinkinderen vernietigen door hen op te zadelen met een vernietigde wereld. Concreter dan dat wordt het niet.

We komen slechts vooruit door een vorm van natuurlijkheid toe te laten in ons leven. Al zou die er, Van Gogh indachtig, radicaal anders uit kunnen zien dan we nu denken.

Het neoliberalisme belooft welvaart voor allen; maar dit systeem kan enkel bestaan zolang niet iedereen floreert, zolang er verliezers zijn. Het is niet een gesloten maar een parasiterend systeem. Laten we echter eens aannemen, *for the sake of the argument*, dat het kán, dat alle mensen op de hele wereld zouden profiteren van dit systeem. Stel dat de gehele wereldbevolking een hoger welvaartspeil zou krijgen dan nu het geval is. Natuurlijk willen we dat, je zou een bruut zijn als je een ander niet het jouwe toewenste. Uiteraard gun ik een rijstboer in Bangladesh, een olijfboer in Syrië, een werkloze in Nicaragua de welvaart en het leefpatroon dat ikzelf al jaren heb. Dat is het doel: iedereen gelukkig. Alleen, als iedereen onze westerse leefstijl aanneemt, dan hebben we niet één maar bijna drie planeten nodig om te overleven. Dat is allemaal berekend. We zouden de wereld in nóg hoger tempo verwoesten dan nu al gebeurt.

De achilleshiel van het ongebreideld kapitalisme bestaat hierin dat we het niet allemaal beter kúnnen krijgen, zelfs niet met de beste bedoelingen. Dat staat de aarde, dat staan de natuurlijke hulpbronnen die *van nature* beperkt zijn, niet toe. Met andere woorden, gezond verstand verbiedt het.

De Britse demograaf en econoom Thomas Malthus was de eerste die deze problematiek aankaartte, en hij werd er bepaald niet populair mee. In 1798 publiceerde hij een essay dat als een bom insloeg. Het ging over bevolkingsgroei. Een van zijn stellingen:

> 'Het vermogen van de mens tot bevolkingsgroei is onbegrensd veel groter dan het vermogen van de aarde om voor de mens een bestaan te produceren.'

Anders gezegd, we hebben niet genoeg voedsel voor een almaar groeiende bevolking. Hij voorspelde dan ook enorme hongersnoden, en zijn theorie staat sindsdien te boek als de malthusiaanse catastrofe. Malthus had ook een oplossing: arme mensen zouden geen kinderen mogen krijgen – een mooi voorbeeld van het huwelijk dat helder verstand en gebrek aan empathie kunnen aangaan. Wat men Malthus in die dagen echter vooral verweet was in wezen zijn grote verdienste: hij gebruikte zijn verstand als een klok. In een tijd van grenzeloos optimisme – de verlichting legde de basis voor de vooruitgangsgedachte – vormde hij een luis in de pels. En het is exact dat probleem waarmee we vandaag worden geconfronteerd. Rationeel gezien is het een onmogelijkheid dat we het allemaal beter krijgen.

Althans, niet als we voor 'beter' de slechtste definitie hanteren. Wat is dat eigenlijk, een beter leven?

Ons westers concept van welvaart en geluk verspreiden zal altijd ten koste gaan van onze eigen kinderen, van het klimaat, van weer andere burgers elders of van andere soorten dan wijzelf, en uiteindelijk ten koste van dat alles tezamen.

We kunnen wel blijven doen alsof het een moeilijke rekensom is, maar ik ben zelf een domme alfa en zelfs ik snap het. Ofwel we gunnen iedereen onze eigen welvaart en dus ook het leefpatroon dat erbij komt, ofwel we behouden onze eigen manier van leven alleen voor onszelf en in de rest van de wereld zoeken ze het maar uit. Het ene kan niet en het andere mag niet. Daarom zijn beide uitkomsten misdadig.

Zo simpel is het, en het getuigt van kwade wil om

ons rationeel vernuft wél aan te wenden voor ingenieuze belastingconstructies, uitgekiende maximalisatie, botte personeelsafdrijving of het fokken van een extra varkensrib teneinde meer vlees voor de markt te genereren, maar dyscalculie te veinzen als het op de basale rekensom aankomt.

We zullen de definitie van welvaart moeten herijken. Daarmee komen we op het terrein van het geluk, van een zinvol bestaan.

* * *

In de economie bestaat zoiets als het principe van de capabiliteiten. De term werd gemunt door de Indiase econoom en filosoof Amartya Sen. Gedreven door zijn wijsgerige achtergrond stelde hij aan het eind van de twintigste eeuw vragen die tot dan toe ondenkbaar waren op economisch gebied; hij zette er de definities van armoede, rijkdom, welvaart en geluk mee op hun kop.

Capabiliteiten onttrekken zich aan financiële parameters. Ze vormen een soort basisvoorwaarden die alom geldig zijn, maar op elke plek ter wereld anders ingevuld kunnen worden. Een capabiliteit kan bijvoorbeeld zijn: de mate waarin je gezond bent, of waarin je van voedsel bent voorzien; ze strekt zich ook uit tot het gebied van veiligheid, welbehagen, gemeenschapszin.

Capabiliteiten maken de definities van zaken als armoede en rijkdom minder variabel. In het Westen bijvoorbeeld kan onder armoede iets anders worden verstaan dan in Costa Rica, maar de basis blijft absoluut, zij het niet meetbaar in geld of getallen. Zo'n absolute norm staat los van de vraag of je financieel gezien in staat bent een laptop of auto te kopen. De mate waarin iemand vrij is van schaamte kan een waardevollere parameter zijn om armoede aan af te meten dan het aantal calorieën dat iemand per dag binnenkrijgt. Het is een complexere benadering van de economie, aangezien (om bij dit ene voorbeeld te blijven) de mate waarin en de zaken waarvoor iemand schaamte ervaart deels cultureel bepaald zijn. Maar het is wel een eerlijker benadering, die beter beantwoordt aan de noden van onze planeet.

Bekeken vanuit de capabiliteiten betekent armoede: een algemeen gebrek aan mogelijkheden om het soort leven te leiden dat men wil. Daarin schuilt een radicale omkering. Immers, welk leven wil men leiden? In Costa Rica leeft een kwart van de bevolking onder de officiële armoedegrens; toch stond het in 2019 op de twaalfde plaats van het World Happiness Report, een VN-lijst die aangeeft hoe gelukkig de bevolking is van landen wereldwijd. Costa Ricanen zijn gelukkiger dan Duitsers, Britten, Belgen, Fransen, Noord-Amerikanen. Bovendien wordt ondanks de 'armoede' zo'n 95 procent van de energie in dit land gewonnen uit duurzame, natuurlijke bronnen.

Zet dat af tegen de stemmen in Nederland die maar blijven herhalen dat 100 procent duurzame energie niet haalbaar is vanwege de hoge kosten.

Een land met een hoog bnp is niet noodzakelijk een ontwikkeld land. Het zegt niets over geletterdheid, gezondheid, onderwijs, huisvesting, elementaire rechten, veiligheid, levensverwachting, duurzaamheid of het democratisch gehalte. De graadmeter voor rijkdom of ontwikkeling ligt dus niet in het bnp of in de exacte hoeveelheid goederen die wordt geëxporteerd.

Capabiliteiten roepen de vraag op wat wijzelf nodig hebben, los van materiële welvaart. Wat zijn de voorwaarden voor een zinvol leven? Wat is voor mij welbehagen of geluk? En wellicht het belangrijkst: wat verwacht je van het leven?

De consequenties van onze ouderwetse opvattingen over welvaart brengen ons in onoplosbare problemen. Houden we aan dat waardesysteem vast, dan zijn we moreel verplicht landen als India, Brazilië en China de mogelijkheid te bieden zich te ontwikkelen zoals wij dat hebben gedaan – hetgeen onverenigbaar is met ons eigen streven naar een groener klimaat. Zulke landen eenzelfde groei ontzeggen is een vorm van neokolonialisme, aangezien het in niet weinig gevallen gaat om onze eigen voormalige 'wingewesten'. Maar het toestaan is einde wereld. Ziedaar de catch 22 van ons huidige model.

Het idee van capabiliteiten biedt een uitweg. Iedereen ter wereld zou recht moeten hebben op een aantal basiscapabiliteiten. Het moreel appel dat daarbij op onszelf wordt gedaan is groot. Om te voorkomen dat we met twee maten meten – 'Jullie krijgen een andere vorm van welvaart, wij houden zelf ons eigen concept nog even vol' – zullen we ook ons eigen idee van welvaart failliet moeten verklaren.

We hoeven niet alles weg te gooien, bepaalde verworvenheden kunnen behouden blijven, maar de motor ervan moet vernietigd. Deze omslag komt eraan, of we willen of niet. Waar het eigen bestaan in gevaar komt, zal de perceptie vanzelf meebuigen. Nu onze natuurlijke hulpbronnen uitgeput raken zal onze visie op wat geoorloofd is in korte tijd veranderen.

De eenentwintigste eeuw is daarmee uitgegroeid tot de eeuw van het geweten. Dat geweten zal ons doorlopend de volgende vraag blijven stellen: aan welke voorwaarden moet worden voldaan om zelf een gelukkig leven te leiden zonder daarmee een ander levend wezen de mogelijkheid tot geluk te ontnemen?

Kortom, wat hebben we nodig en wat niet?

* * *

Er zijn zaken die we nodig hebben, om te overleven, om een zekere levensstandaard te verwerven of te behouden, om geluk en welbehagen te ervaren. Er zijn ook zaken die we niet nodig hebben. Ze vormen geen capabiliteiten, we houden eraan vast omdat we het leuk of lekker vinden. Vlees eten vinden we lekker. Zwarte Piet vinden we leuk. Grove winst: lekker én leuk. Maar verschaffen ze geluk? Voor die vraag kun je eigenlijk als ezelsbruggetje aanhouden: geluk dat bestaat ten koste van anderen kan van alles zijn, maar nooit geluk.

Is het van belang voor een cultuur of een verzonnen wezen blauw of zwart is? Volgens mij niet echt, zolang de kinderen maar snoep krijgen en erin geloven. Hoe die figuur eruitziet raakt wél aan de capabiliteit van een grote bevolkingsgroep: het recht om niet onnodig gekwetst te worden. Maar los daarvan, een dommige zwarte knecht met rode dikke lippen en kroeshaar – maakt dat ons bestaan voller, zinvoller? Verschaft het geluk? Of het streven naar nóg meer rendement, nóg meer winst – maakt dat ons bestaan zinvoller? En verbetert het ons leven als we een hamburger van rundvlees eten en kipleverworst op ons brood kunnen smeren? Verschaft het geluk?

Het is geen retorische vraag.

Wat het laatste betreft ben ik ervaringsdeskundige, ik was een vleeseter tot en met. Nooit gedacht dat ik zonder kon, elk gerecht dat ik bereidde vertrok vanuit het basisingrediënt vlees. Enkele jaren geleden stapte ik over op vegetarisme – en ja, ik vind het soms echt jammer. De smaak van een goede steak of spareribs... ik kan ernaar verlangen. Maar is mijn leven minder waard geworden? Ervaar ik minder vreugde of geluk dan voorheen? Op twijfelmomenten stel ik mezelf deze vragen. Het antwoord is onveranderd: neen. Sterker nog, ik ervaar een leven zonder vlees als gezonder en ik voel me veel fitter. Het viel me uiteindelijk op hoe probleemloos het was ermee te stoppen. Plus, wat blijkt: kinderen die zonder vlees opgroeien, krijgen later nooit alsnog behoefte aan steak. Het is dus een kwestie van opvoeden.

Wat sommigen ook graag beweren, je wordt er niet een beter of moreel hoogstaander mens van. Het is gewoon de enige oplossing. De vleesindustrie zal eindigen zoals Zwarte Piet, over honderd jaar zal ze niet meer bestaan. Er zullen in de nabije toekomst reeds geen argumenten meer bestaan om vlees te eten.

Het gaat immers niet alleen om de dieren. Voor één kilo hamburgers is acht kilo graan nodig, louter om het rund te voeden. Met dat eten had in tijden van toekomstige schaarste ook een mens gevoed kunnen worden – een wezenlijk dilemma: voorspeld wordt dat de wereldbevolking in 2050 tweemaal zoveel voedsel nodig zal hebben.

Dit alles nog los van het methaan dat vrijkomt in de veehouderij. Het is uitgesloten dat onze nakomelingen, geconfronteerd met de klimaatellende waarmee ze al opgescheept zullen zitten, deze praktijken nog gaan tolereren.

Bovendien zullen we vlees over een stuk of wat jaren perfect hebben nagebootst. Er bestaan nu al niet-dierlijke alternatieven voor gehakt, kip, worst, spek en ga zo maar door. Veel van deze producten zijn al dermate verfijnd dat ze bij blindtesten voor dierlijk vlees worden gehouden. Zelfs foie gras bestaat inmiddels op plantaardige basis, en *guess what*: proefpersonen bleken de plantaardige variant niet te kunnen onderscheiden van de dierlijke.

Ten slotte zal er kweekvlees zijn. Dit product staat nog in de kinderschoenen, maar in de tweeëntwintigste eeuw worden dit onze steaks en koteletjes.

Zelfs dierlijke melkproducten zullen in afzienbare tijd niet meer nodig zijn. Wat is de koe namelijk voor de zuivelindustrie? Een machine. Er gaat gras in en er komt melk uit. Elk natuurlijk oponthoud in dat proces is er bijna uitgefilterd, zelfs het grazen wordt tegenwoordig voor veel koeien gedaan: ze op de wei laten kost allemaal te veel tijd en geld, dus een kwart van de koeien krijgt het gras direct toegediend. Het melken gebeurt intussen via aan de uiers bevestigde slangen.

Er komt geen mens meer aan te pas, en welbeschouwd ook geen volwaardig dier. In de toekomst zal men dan ook de rationele stap zetten om de koe daadwerkelijk te vervangen door een machine, die via dezelfde biochemische processen van gras melk kan maken, op industriële schaal. Die technologie is al zover. We kunnen het. We hebben verder bewezen melk, yoghurt, kaas eigenhandig te kunnen maken. Zelfs in het lab ontwikkelde eieren bestaan inmiddels.

Dus ja, het lijkt mij een zekerheid dat de bio-industrie zal verdwijnen. Massaal gefokt vlees zal over honderd jaar even moreel onhoudbaar zijn gebleken als slavernij. Het zal worden beschouwd als een misdadige vorm van genot die niet zozeer je eigen gezondheid als die van je omgeving en je nageslacht ondermijnt. En natuurlijk, er zullen altijd mensen blijven met te veel geld die 'the real deal' willen. Daarom zal vlees de illegaliteit in gaan. Vleesconsumptie zal onder schimmige omstandigheden plaatsvinden, in smerige portieken of op geheime luxueuze locaties. Het eten van een steak-zoals-vroeger wordt een praktijk achter gesloten deuren, in illegale casino's, bevolkt door maffiosi.

Dat klinkt allemaal hoogst belachelijk. Maar dat is

het slechts omdat het nog ondenkbaar is.

Ter vergelijking: in 2019 was 2020 ondenkbaar.

Het gaat nog verder. Over honderd jaar zullen, omdat ons denkkader willens nillens zal zijn gewijzigd, de capabiliteiten van dieren even belangrijk worden geacht als die van een mens. Dieren zullen evenals onze eigen nakomelingen recht hebben op een aantal basisvoorwaarden in het leven. Daaronder vallen: het recht om niet gemarteld te worden, het recht om op te groeien in een minimum aan natuurlijke omstandigheden, het recht om zelf te grazen in plaats van voedsel toegediend te krijgen, het recht op zonlicht, het recht om niet non-stop geïnsemineerd te worden, het recht om je pasgeboren big of kalf te mogen zogen (i.e. het recht om liefde te ervaren) en ook: het recht om niet verhandeld te worden zolang niet aan een aantal van deze basiscapabiliteiten is voldaan.

Het recht op een vorm van natuurlijk gedrag zou voor alle levende wezens moeten gelden.

Voor de goede orde: dit essay is geen oproep tot vegetarisme. De kwestie is niet of wij dieren mogen doden of niet – veel andere dieren doen hetzelfde. Het gaat erom dat wij niet eens willen nadenken over wat wij nog acceptabel vinden. Dit ethische aspect hebben wij uitbesteed aan het bedrijfsleven en aan een regering die onderdeel is geworden van dit bedrijfsmatig denken. De gemiddelde consument in de supermarkt denkt: als dit product op onacceptabele of zelfs misdadige wijze geproduceerd zou zijn, lag het niet in de schappen. De waarheid is dat er nergens in de keten over werd nagedacht.

Het behoort tot de taak van een regering om hierin te voorzien. Indien die regering – enkele oprechte politici daargelaten – niet thuis geeft laat staan ingrijpt, dan is het aan de burgers om, geheel volgens Ruttes motto, hun eigen verantwoordelijkheid te nemen.

De burger in opstand.

* * *

Het gaat niet over dieren, zelfs niet over de natuur. Het gaat over het grootste verband dat binnen ons bereik ligt: natuurlijkheid.

Het moet mogelijk zijn onze samenleving te hervormen, zodanig dat er een zekere natuurlijkheid in wordt teruggebracht. Aristoteles sprak hier al over, als een van de eerste filosofen die zich met het thema van de economie bezighield. Zijn concept van een natuurlijke economie is inmiddels totaal achterhaald: handel zou zich volgens hem moeten beperken tot wat een huishouden zelf nodig heeft. Het produceren van meer goederen dan je zelf nodig hebt, noemde hij reeds onnatuurlijk. Tweeënhalf millennium later zou Aristoteles daarmee bedoelen dat je als gezin precies zoveel kaas, brood, televisies, onderbroeken en auto's mag produceren als je zelf nodig denkt te hebben en niet stiekem nog een extra auto in elkaar zet om aan de buren te verpatsen. Ergens schuilt een denkfout. Zijn uitgangspunt wordt dan ook nergens meer serieus genomen. Het streven van Aristoteles was niettemin zuiver: een economisch stelsel dat organisch is en niet op oneerlijkheid gebaseerd.

Natuurlijkheid toelaten op economisch vlak betekent: de basis van de huidige bedrijfsvormen zodanig herordenen dat winst niet langer het enige oogmerk kan vormen. Bedrijven zonder winstoogmerk? Belachelijk! Klopt – voor ons wel ja. Voor ons nageslacht zou het wel eens een vanzelfsprekendheid kunnen zijn. Voor hen zal juist het sprookje dat iedereen het beter zal krijgen dankzij de vrije markt volstrekt belachelijk overkomen.

Winst blijft momenteel voor veel bedrijven het primaire doel. Dit doel wordt in stand gehouden door de organisatievorm. In het streven naar een zo groot mogelijk rendement kan de driehoek van bestuur, commissarissen en aandeelhouders een bedrijf gijzelen. Zodra een bestuur tracht vernieuwingen door te voeren die ten koste gaan van het rendement, zullen de aandeelhouders vanzelfsprekend protesteren: het is hun geld en zonder geld houdt het bedrijf op te bestaan, dus wordt er geplooid. Nu zijn aandeelhouders over het algemeen geen satanische fielten; ze hebben geen zwaveladem en geen schubben. Evenmin zijn multinationals intrinsiek slecht. Het probleem ligt bij het basisprincipe van winstmaximalisatie, dat een bepaald gedrag verwacht en aanjaagt, en zo een perpetuum mobile kan vormen waarmee ondernemingen – en uiteindelijk een heel economisch systeem – in een wurggreep worden gehouden.

Bedrijven wereldwijd onderkennen dit probleem, er ontstaan nu ook voorzichtige initiatieven die *het doel* van een onderneming centraal stellen, waarbij dat primaire doel nooit kan zijn: het verdienen van geld. Voor de HEMA leek vorig jaar even zo'n andere vorm mogelijk. Onze nationale winkelketen leed al langer zware verliezen, in de greep gekomen van grote jongens die haar als een rendementsproject hadden opgevat in plaats van als een winkel, met alle gevolgen van dien. Meerdere burgerinitiatieven stelden in 2020 een nieuwe organisatiestructuur voor waarbij klanten, werknemers en verhuurders zelf als aandeelhouders zouden fungeren en zo een vorm van mede-eigenaarschap en stakeholdership verkregen. Helaas strandde dit plan uiteindelijk, maar wat van belang is: het kán. Supermarktketen COOP verdeelt haar winst al jaren onder duizenden kleine leden in plaats van onder enkele grootinvesteerders. Een andere aanpak is dus mogelijk.

Die moet echter rigoureuzer en centraler. Ik ben geen econoom en al helemaal geen genie, maar zelfs ik kan zien dat de overheid hierin een veel meer sturende rol dient te spelen. Normstelling is daarbij van belang. En nee, dit betekent niet dat het Rijk daarmee gaat bepalen wat het doel voor elk bedrijf zou moeten zijn – de dagen van Stalin liggen achter ons. Maar als Microsoft hier een datacenter wil neerzetten om op die manier onze groene energie op te kunnen slurpen, dan is het de verantwoordelijkheid van een overheid om te zeggen: niet hier. Je hoeft een bedrijf daarvoor niet eens aan banden te leggen. Zodra je als overheid zelf een heldere norm bezit, kun je die ook voor anderen stellen. Je beleid zal helder zijn, omdat je zult spreken met één mond.

Hoe zou zo'n beleid eruit kunnen zien?

Allereerst moet een herschikking van politieke belangen plaatsvinden, waarbij de belangen van de burger en het milieu zwaarder wegen dan de banden met het bedrijfsleven; verder zal de overheid ná deze herschikking kritischer moeten kijken naar *hoe* zij de private sector faciliteert, *met wie* zij zelf zaken doet en, ten derde, bij de selectie van haar partners altijd *het doel* van de onderneming laten doorwegen.

Zolang de overheid hiertoe niet in staat of genegen is, zouden lagere overheden zoals steden en gemeenten het voortouw kunnen nemen door specifiek bedrijven aan te trekken die dusdanig aan onze economie deelnemen dat ze daarnaast ook recht doen aan twee andere ambities: leefbaarheid voor de bewoners en duurzaamheid voor de omgeving; en door tezelfdertijd bedrijven die dit weigeren vriendelijk te vragen zich hier niet te vestigen. Zoiets lijkt me billijk in een situatie waarbij het gros van alle hier gemaakte winsten verdwijnt zonder er iets voor terug te krijgen – zéker wanneer zulke vrijemarktkolossen (zie Booking.com) wél overheidssteun komen vragen zodra ze het geld in de eigen zakken niet meer voelen opbollen.

Nogmaals, een kunstenaar lijkt me niet de aangewezen figuur om een maatschappij in te richten laat staan een economisch bestel te hervormen. Dat is aan anderen. Of liever: dat is aan *ons*. Maar we móéten af van de gedachte dat duurzaamheid of leefbaarheid een extraatje is. Het is onzinnig om deze zaken enkel te stimuleren zolang of zodra het goed gaat met de economie. Wees radicaal en draai het om. Maak het tot de basis. Negeer hen die roepen hoeveel geld een rigoureuze omslag ons zou kosten: de VN heeft berekend dat een snelle energietransitie in 2030 de wereld reeds 50 biljoen dollar zou opleveren. Rendement genoeg.

Alleen al in 2020 werden door Nederlanders talloze voorstellen en initiatieven ontwikkeld, vertrekkend vanuit circulaire beginselen, vanuit duurzaamheid, kleinschaligheid, leefbaarheid; ze liggen op tafel bij beleidsmakers en gemeentebesturen, lagere en hogere overheden – het ontbreekt alleen nog aan lef om zulke plannen uit te voeren. Doen we dat, dan zullen we zien dat duurzaamheid en eerlijke winstverdeling niet alleen de basis kunnen vormen voor een goed functionerende samenleving; in tegenstelling tot een structuur van maximalisatie creëren ze ook nog eens een gezonde, blijvende economie.

In de tussentijd, zeker in het geval van een algehele verlamming, helpt maar één ding: het gerechtelijk laten opleggen van sancties. Als je wildplassen beboet mag je voor het vernietigen van de planeet misschien ook wel een bekeuring uitschrijven.

Dit juridische proces is zich nu aan het voltrekken. Eerder werd al de geruchtmakende uitspraak in de Urgenda-zaak genoemd. Daarnaast werd begin februari 2021 bekend dat tientallen omwonenden van Tata Steel in IJmuiden de staalgigant zullen aanklagen voor het moedwillig schaden van de gezondheid van mens en dier. En in de week daarvoor werd een rechterlijke uitspraak gedaan die niets minder dan een mijlpaal vormt, in een zaak tegen Shell die dertien jaar geleden door Milieudefensie was aangespannen namens vier Nigeriaanse boeren. Tegen alle verwachtingen in verloor Shell de zaak, het bedrijf werd door de rechter aansprakelijk gesteld voor twee gigantische olielekken in Nigeria. Het unieke hierbij is dat de multinational ook aansprakelijk werd gesteld voor schade bij 'niet genoemde' slachtoffers, hetgeen valt op te vatten als een gerechtelijke aanmoediging: tienduizend andere Nigeriaanse burgers lijden zwaar onder de gevolgen van deze olielekken. Zij krijgen dankzij de uitspraak een stem.

Deze methode vertakt zich. De eerste processen worden inmiddels aangespannen door tot voor kort ondenkbare rechtspersonen. De Urgenda-zaak bijvoorbeeld is mede zo bekend geworden vanwege het feit dat door de rechtbank ons eigen nageslacht *als rechtspersoon* werd aanvaard. De redenering hierachter is als volgt: aangezien toekomstige generaties zich nog niet kunnen verdedigen maar wel alle gevolgen zullen dragen van onze handelingen vandaag, mag een advocaat optreden namens hen. In Noorwegen is het recht op een gezond milieu voor toekomstige generaties zelfs opgenomen in de grondwet. Ook het Klimaatakkoord van Parijs vertrekt vanuit de rechten van toekomstige generaties.

Om aan te geven welke horizon hiermee opdoemt: in maart zal in België een klimaatzaak van start gaan die mede werd aangespannen namens tweeëntachtig bomen. Inmiddels hebben bijna 60.000 mede-eisers zich aangemeld.

Grands maux, grands rémèdes.

Dat de rechterlijke uitspraken bijzonder grote gevolgen kunnen hebben, is één ding; in wezen gaat het om iets anders: rechten. Rechten voor anderen dan wijzelf – anderen in tijd, anderen in soort. Het doel zal zijn om niet alleen burgers in andere delen van de wereld maar ook toekomstige generaties en andere diersoorten van dezelfde basisrechten te voorzien als die wijzelf bezitten.

Jaja, en dan gaan we planten en rotsen straks ook rechten geven zeker?

Klopt, gaan we allemaal doen. Uiteindelijk zal de planeet als geheel rechten krijgen – als uiterste middel om het moorddadige gedrag van één soort te stoppen. Alles wat ervoor kan zorgen dat die soort terugkeert op zijn schreden en zijn plaats inneemt in een groter geheel, is welkom. Het klinkt allemaal even belachelijk als natuurlijk.

Een van de Nigeriaanse boeren die de Shell-zaak won, heet Eric Dooh. In feite is hij de zoon: de man die in 2008 het proces was begonnen, is in 2012 overleden. Terwijl Dooh de uitspraak in Den Haag online volgde, droeg hij zijn rode geborduurde fez, een twee eeuwen oud erfstuk dat hij enkel draagt tijdens bijzondere plechtigheden. Na afloop noemde Dooh de uitspraak een wonder. Het was echter niets dan gerechtigheid, vooral omdat het niet om hemzelf ging. Tijdens een geïmproviseerd buurtfeest op de avond van de uitspraak werd het doodstil toen Dooh in aanwezigheid van tweehonderd dorpsbewoners de namen van zijn voorouders aanriep, zeven in getal, eindigend met de naam van zijn vader.

Alleen wie tezelfdertijd om- en vooruit kan kijken, vindt soms een uitweg.

Het kan.

Wij moeten, Van Gogh indachtig, een revolutie beginnen die deels een terugkeer, deels een nieuwe stap in het onbekende behelst. Niet als de zoveelste utopie, maar als een laatste kans een wereld af te wenden waarin corona een grap was.

* * *

Tot slot nog dit.

'Wie visie zoekt moet naar de oogarts.' Het is een van Ruttes bekendste uitspraken. Kan goed wezen; het betekent niet dat je blind moet zijn voor het welzijn van je burgers. Die nemen doorgaans geen rationele beslissingen en dat mag je ook niet van hen, van ons verwachten. Daarom, zeker in het geval van een verlammende pandemie, verwacht ik iets van een regering. Geconfronteerd met de onzekerheid van haar burgers *moet* onze politiek een overzicht bieden, een panorama schetsen van wat mogelijk is, zeker waar dit het ondenkbare betreft.

Je kunt zoiets niet verlangen van een burger. Die burger probéért, in 2020 rezen lokaal prachtige projecten als paddenstoelen uit de grond, ze werden opgezet in wijkverband, ad hoc en via social media: mensen die koken voor hun buren, studenten die eenzamen trachten bij te staan, senioren die gewapend met hun bezem de straat op gaan om de puinzooi van de avondklokrellen weg te vegen: het gebeurt, het werkt en het is hoopgevend, maar *help deze burgers*, door een breder panorama te bieden dan waartoe wij zelf in ons eentje in staat zijn.

Ook al dooradem een streven naar winst en maximalisatie inmiddels onze hele cultuur, we staan op een keerpunt. En ik zou niet in de schoenen van onze premier willen staan, maar deze regering handelt met de reflexen van een oude levensvorm terwijl een ander tijdperk zich aandient. Grote multinationals met massa's overheidsgeld overeind willen houden – dat is zo'n reflex. Juist nu wij allen op zoek moeten gaan naar een nieuwe invulling, lijkt de Nederlandse politiek met weinig anders aan te komen dan business as usual.

Dit land ligt op zijn gat, een meteoriet is neergedonderd en de stofwolk ontneemt ons ieder zicht. In het halfduister staan we nu. En hoelang we ook blijven wegkijken of rondtasten in de schemer, er ís geen business as usual meer. Evenmin als vroeger zullen de dino's meteen omvallen. We kunnen ze nog wat bijvoederen met massa's belastinggeld. Dat kan. Maar het is wat het is: dinogedrag.

Wij moeten handelen, in het volle besef dat elk keerpunt zowel een moment is als een plek: een goed moment om stil te staan, een rampzalige plek om af te wachten.

EPILOOG

Halverwege het najaar, ergens in oktober 2020 – toen was ik er geloof ik wel klaar mee. Alle puzzels waren gelegd, alle boswandelingen gemaakt, alle jeugdfoto's gearchiveerd en alle spullen meermaals opgeruimd. Zelfs de dozen zaten nu in dozen. Verder was ook het ondenkbare gebeurd: ik had Netflix uitgespeeld. Heel het internet was op.

Op zoek naar een boek of welke nieuwe afleiding dan ook vond ik mezelf terug voor een gangkast. Ik wist niet wat ik zag. Verspreid over meerdere planken leunden de archeologische restanten van een vorige eeuw geduldig tegen elkaar aan: Hitchcock, Kubrick, Lübitsch, Fritz Lang, Werner Herzog, Michael Haneke, Tarkovski, Iosseliani. 'Maar natuurlijk,' mompelde ik, 'jullie zijn er ook nog!' Ook dat doet een lockdown met de mens, je gaat praten tegen je objecten, dvd-boxen veranderen in oude vrienden. Sommige Italianen zaten nog in het plastic zag ik nu, als doornroosjes: Visconti, Pasolini, De Sica, Antonioni... Streamingdiensten hadden me sinds maart verdoofd om het jaar door te komen. Het was tijd om te ontwaken, teruggekust te worden naar een andere eeuw.

Die avond bekeek ik *Kaos*, het meesterwerk van de gebroeders Taviani uit 1984. Vijf verhalen van Luigi Pirandello spelen zich af op negentiende-eeuws Sicilië, maar het is of je Boccaccio's *Decamerone* binnenwandelt. Herders hoeden er hun schapen in een premodern bestaan zoals hun voorouders dat ook al eeuwen deden, niet idyllisch, zonder nostalgie. De losse verhalen gaan over de plaats van de mens in dit rurale landschap, getroffen door een dubbele onmogelijkheid: ermee samen te vallen en zich ervan los te maken.

Het tweede verhaal sloeg een gat in me ter grootte van mijn wanhoop. Het heette 'Maanziekte'. Batà is een Siciliaanse boer die als baby door zijn moeder 's avonds meegenomen was naar het korenveld en daar zolang werd achtergelaten zodat zij in het schijnsel van de volle maan kon doorwerken. Het kindje had aldoor op zijn rug naar de helwitte cirkel boven zich gekeken en ermee 'gespeeld', zoals de verteller het noemt. Sindsdien was er iets veranderd. Het kind groeide op tot een man met een geheim. Het verhaal begint wanneer hij net is getrouwd, hij woont nu samen met zijn kersverse bruid. Tijdens het allengs wassen van de maan beseft hij dat hij haar deelgenoot zal moeten maken van zijn ziekte. Op de bewuste avond vraagt hij aan zijn vrouw dat ze zichzelf opsluit in de boerderij en hem buiten achterlaat met alle deuren van het stenen huis vergrendeld. Ze mag hem in geen geval binnenlaten. Die nacht hoort ze hem tekeergaan, ze hoort hoe hij aan hun jonge olijfbomen rukt tot deze bijna breken, hoe hij schreeuwt, zichzelf verwondt. Batà is veranderd, niet in een monster maar in een mens bij wie de natuur het heeft overgenomen. Ten slotte zien we hoe de man op de grond gaat liggen met een kei als kussen en zijn hoofd ertegenaan blijft beuken tot hij in slaap valt. De acteur Claudio Bigagli speelt de bezeten boer zeldzaam oprecht: hij huilt niet clichématig als een weerwolf, hij imiteert zelfs geen dier: zijn gebrul *is wat het is* – een geluid van het lichaam waarbij diepgewortelde pijn en primitieve angst overvloeien in overgave aan de maan. Je zou het extase kunnen noemen. De volgende dag is de maanzieke man, vol blauwe plekken en wonden, alles vergeten.

Eén beeld achtervolgt me sindsdien. Het is eigenlijk een scène van niets. Batà heeft zich tijdens de zoveelste volle maan weer buitengesloten om zijn vrouw tegen hem te beschermen. 's Nachts staat hij in de stromende regen. Hij kijkt naar zijn paard, waar de regen even meedogenloos op neerslaat als op hemzelf. Tijdens dit korte ogenblik ervoer ik plots een snijdende afgunst. Deze man, die bij volle maan bezeten raakt en de natuur als een vloeibare kracht in zich overgeheveld voelt worden, deze man leeft één keer per maand volkomen in het nu: geen beschaving meer om zijn bouwwerk overeind te houden, geen huwelijk, geen geloof, geen twijfel, regels, idealen of remmen. Eén keer per maand verandert Batà in zijn paard, in een olijfboom, een rots.

En ja, 'hij lijdt', zo wordt gezegd in de film. Hij lijdt, maar niet als een persoon en niet voor een doel, het is een lijden verder verwijderd van welke menselijke toestand dan ook. Hij lijdt als in een eeuwige droom, een groter verband. Als een beest.

Batà en zijn paard in de regen, de blik die ze daar met elkaar wisselen – dat is het. Dat is de praktijk. De wezens zijn volkomen gelijkwaardig, terwijl ze daar staan is er geen enkele reden aan te nemen dat de een het eigendom of de werkkracht van de ander zou zijn. *Homo sapiens* en *Equus ferus caballus*, ze hangen aan dezelfde boom, andere tak.

2020 was het jaar van Batà. Hoe graag we ook zouden willen, we zitten vast aan onze natuur, onze afkomst. Het wordt tijd om in de regen te staan en elkaar aan te kijken.

VERANTWOORDING

p. 11
Het essay 'De etymologische maanden' verscheen eerder in *NRC Handelsblad* onder de titel 'In tijden van corona biedt kunst houvast door mee te wankelen' (2 april 2020), en in de Belgische krant *De Morgen* onder de titel 'Kunst is nutteloos, dacht ik. Ik had ongelijk' (11 april 2020).

p. 14
Het gedicht 'Uit nutteloze noodzaak' werd in 2010

geschreven als manifest tegen de aangekondigde bezuinigingen op kunst en cultuur die door het kabinet Rutte I zouden worden uitgevoerd. Op 11 juni werd het gedicht overhandigd aan Kamervoorzitter Gerdi Verbeet tijdens de opening van het Oerol Festival; op 12 juni werd het gepubliceerd in *NRC Handelsblad*. 'Uit nutteloze noodzaak' is opgenomen in de bundel *Mi have een droom* (De Bezige Bij, 2013), dat alle verzamelde gedichten en opiniestukken bevat die Nasr schreef tijdens zijn Dichterschap des Vaderlands.

p. 15
Het gedicht 'Er is niets zo zoet als 's avonds onder de bloemen te zijn' van Hans Lodeizen is afkomstig uit de bundel *Het innerlijk behang* (Van Oorschot, 1949).

p. 25
Het essay 'Een giftig gebied' verscheen eerder in *NRC Handelsblad* onder de titel 'Hoe kunnen we vooruit, omgeven door hysterie?' (15 september 2020), en in de Belgische krant *De Standaard* onder de titel 'De weigering om na te denken over de toekomst' (19 september 2020).

p. 48-50
De citaten van Rutte zijn ontleend aan persconferenties op 6 mei, 26 juni en 25 september 2020 en 12 januari 2021.

p. 53
Wiebes deed zijn uitspraak over zzp'ers in het tv-programma *WNL Op Zondag* op 15 maart 2020.

p. 55/56
Het kunstproject in 2013 heette Varkenshuis Rotterdam en was een samenwerking tussen kunstenaarsduo PeerGrouP (Elles Kiers en Sjef Meijman) en de stichting Rotterdamse Oogst.

p. 58
Het beeld van de auto in de garage is ontleend aan het boek *The Uninhabitable Earth* van David Wallace-Wells (Tim Duggan Books, 2019).

p. 66
Het citaat van architect Victor van Leeuw is afkomstig uit een artikel in *NRC Handelsblad* op 4 januari 2021.

p. 70-75
Citaten 1 en 2 uit de brieven van Van Gogh zijn afkomstig uit brief 611 (Arles, 20 mei 1888); citaten 3 en 4 stammen uit brief 155 (Cuesmes, eind juni 1880); het vijfde citaat komt uit brief 288 (Den Haag, eind november 1882). De verzamelde brieven van Van Gogh zijn uitgegeven door het Van Gogh Museum, het Huygens Instituut en de Amsterdam University Press (2009).

p. 91-93
De aflevering van *Keuringsdienst van Waarde* heet 'Het varken' en werd uitgezonden op 7 januari 2021.

p. 96/97
Het gedicht 'Archaïscher Torso Apollos' van Rainer Maria Rilke werd gepubliceerd in het tweede deel van de *Neue Gedichte*, oftewel *Der neuen Gedichte anderer Teil* (1908). De vertaler van het fragment is Arie van der Krogt.

p. 110
Het citaat van Thomas Malthus stamt uit het werk *An Essay on the Principle of Population* (1798).